星を見上げる夜はあなたと

目　次

星を見上げる夜はあなたと

1

幼いときから、夜空を見上げればいつでもそこに満天の星があった。漆黒《しっこく》の闇に瞬《またた》く無数の星。ずっと見ていても見飽きない、永遠の輝き。その空が、当たり前だと思っていた、少女のころのわたし。見えないことの寂しさに気づいた、大人になったわたし。

重たい鞄《かばん》と、商品サンプルがぎっしりと詰まった紙袋を両手に持っての外回り。会社に戻ったときにはすっかり疲れ果てていた。自分の机の上にドンと音を立てて荷物を置くと、隣の席から低い笑い声が聞こえる。

「すごい顔してるぞ、宮崎《みやざき》」

芸能人も顔負けの驚くほど整った顔に嫌味《いやみ》な笑みを浮かべ、同僚の伊勢谷《いせや》が言った。

「疲れてるんだから仕方ないでしょ」

ギロリと睨《にら》んで答えると、伊勢谷がまた爽《さわ》やかに笑う。わたしと同じように、一日中外回りをしていたはずなのに、まったく疲れた顔をしていない。それが余計にムカつく。

「もう若くないんだから無理するなよ」

「うるさいわね、ほっときなさいよ。あんただって同い年でしょ！」

伊勢谷の笑い声にイラッとしながら、鞄と紙袋の中身を整理し、椅子に座ってパソコンを立ち上げた。肩と首を回し、軽くストレッチをしてからキーボードを叩く。

宮崎奈央《なお》、二十八歳。

東京に出て来て早十年。大学卒業後、日用雑貨や衣類を製作販売する会社に入社し、以来営業部で忙《せわ》しない日々を過ごしている。

実家は、瀬戸内海にある島だ。そこで民宿を経営している。四歳年上の兄が、会社勤めをしながら義姉《あね》とともに両親を手伝っていた。義姉は兄の同級生で、わたしとも子どものころからの顔見知りだ。

島の中で、わたしは常に優等生だった。せっかく勉強ができるのだからと、両親はわたしを高校卒業後、東京の大学に進学させてくれた。

意気揚々《いきようよう》とおり立った都会で、わたしは初めて挫折《ざせつ》を知った。島の中では一番でも、都会にでてみると、わたしも人ごみの一構成員に過ぎなかったからだ。

同じ大学なのだから、学力はそう変わらない。それならと、遊び回っている同級生たちを横目に必死で勉強をしても、それほど差は開かない。

現実を突きつけられた。井の中の蛙《かわず》、大海を知る――

プライドが変に高くて勝手に傷つき、凹《へこ》んで、それでもこの都会で就職することを決めた。今度こそトップに立ってやると、わたしの負けず嫌いな性格がそうさせたのだ。今思えば、おとなしく地元に戻った方がよかったのかもしれないけれど……

「なーお！」

突然呼ばれた声と同時に、背中から抱きつかれた。

「うげーっ」

「……すっげー声だな、おい」

思わず呻《うめ》き声を上げると、隣の席から伊勢谷が呆れたように言った。けれど、苦しくてそれどころではない。

息ができない！　と慌てて振りほどくと、同期で友人の遠藤一美《えんどうかずみ》が立っていた。ちなみに彼女は総務部所属だ。

「苦しいじゃない！」

喉を押さえたわたしを見て、一美があっけらかんと笑う。

「ごめんって。だって、声をかけたけど聞こえてないみたいだったんだもん」

悪びれることなくそう言って、空《あ》いた椅子を持って来てわたしと伊勢谷の間に座った。

「ねーねー、今夜合コン来てくれない？　一人足りなくってさ」

「行かない。合コンなんて嫌いだし、ましてや数合わせなんて、もっと嫌」

きっぱりそう答え、パソコンに向き直る。さっきの衝撃でタイプミスした部分を削除する。

「言うと思ったけどさー。あんたの飲み会嫌いは知ってるし」

気分を害した風もなく一美が笑う。知ってるなら誘わないで欲しい。

「でも今日の相手は商社マンよ。チャンスチャンス」

「なんのチャンスよ。そんなことより早く帰って寝たいわよ」

いらんと言いながら、キーボードを叩く。

「もー、色気ないわねぇ。もっと人生を楽しみなさいよー」

一美が椅子に座ったまま、ぐいぐい来るけど無視する。言われている意味はわからなくもない。恋愛事から遠ざかって、もう何年になるんだか。でも、仕事がハードすぎて、色恋に回せる気力がないのだ。

「遠藤、あんまり言うなよ」

ふいに伊勢谷が口を挟んだ。手を止め、一美と一緒に彼を見る。すると、随分《ずいぶん》と楽しそうな顔をしていた伊勢谷が、妙に真面目な表情になった。

「宮崎はもう歳なんだよ、疲れてるんだから休ませてやれよ。からだは労《いたわ》らないと」

「だからあんたも同い年でしょ！」

食い気味に文句を言うと、頷いた一美が伊勢谷をビシッと指さす。

「そうよ、わたしたちがおばさんなら、あんたはおっさんよ！」

「誰もそこまで言ってないだろ」

呆れ顔の伊勢谷を無視して、一美が立ち上がる。

「もういいわ。じゃあ、また今度飲みに行こうね」

わたしの肩をぽんと叩いて、彼女は営業部から出て行った。

「あいつの耳、どこかおかしいんじゃないのか？」

伊勢谷がやれやれ、という調子で言った。そこはまあ頷けなくもない。彼女はいつでも前を向いて走っている感じだ。その裏表のない性格はつきあいやすく、今ではわたしにとって、唯一の友人でもある。

「今のはあんたが悪いの！」

「本当のことなのに……おわっ、いてっ」

脚を伸ばして伊勢谷の椅子を蹴ってやった。伊勢谷が椅子から落ちそうになったのを見て、べーっと舌をだす。

「お前、危ないだろっ」

「さー、仕事仕事」

怒る伊勢谷を無視して、パソコンに向き直った。

終業時間をだいぶ過ぎて、ようやく仕事が終わった。なぜか同じタイミングで伊勢谷も帰り支度をはじめ、どういうわけか二人で駅まで歩くことになった。

秋が終わりに近づき、外は冬の空気を纏《まと》いはじめている。夜ともなればすっかり冷え込んでいた。

わたしは小さく身震いして、ジャケットの前をぎゅっと握る。そして、わたしよりも二十センチほど背の高い伊勢谷をちらりと見た。

伊勢谷と一緒にいると、なんとなく落ちつかない。息を呑むほどの見た目のよさのせいか、あらゆる人間の視線がヤツに集まっているのを目《ま》の当たりにするせいか。はたまた営業部に配属されて以来、常に成績トップに君臨し続けているヤツを羨《うらや》んでいるためか。

どちらにせよ、居心地が悪いことは確かだった。そんなわたしの思惑など知らないとばかりに、伊勢谷はわたしを構って来る。同期の気安さだろうか。

「今週も疲れたな」

疲れなんて微塵《みじん》も感じさせない表情で伊勢谷が言う。

「そうね」

こっちはもう本当にガタガタよ。脚が浮腫《むく》んでパンパンになっているので、一刻も早く家に帰って靴を脱ぎたい。いや、今すぐ脱ぎたい。

駅までの道は、大勢の人が行き交《か》っている。ふと見上げると、ビルの間から夜空が見えた。都会の明かりに照らされたそこには、星ひとつない。——だから東京の空は嫌いだ。

見えない星空に、息を吐く。そのとき、視界の端に伊勢谷の顔が見えた。ヤツはわたしを見て笑っている。

「なによ?」

「いや。相変わらずだなと思って」

なにもかも見透《みす》かしたような表情に、伊勢谷が完璧な男だということを思い出した。外見も内面も、そして記憶力も、彼は完璧なのだ。

伊勢谷という人間は完全体で、そしてそれは、わたしが望んでいた姿そのもの。だからわたしは、伊勢谷が嫌いだ。

駅の改札で伊勢谷と別れ、週末の混んだ電車に乗り込んだ。座席とドアの角にある空間にからだを滑《すべ》り込ませ、ため息をついて目を閉じる。頭の中にさっきの伊勢谷の顔が浮かび、過去の記憶が蘇《よみがえ》って来た。


今から六年前、新入社員のわたしが希望した部署は、営業部だった。目に見えて成績がわかるし、小さなころから民宿の手伝いをしていたから、人と接する仕事は得意だ。

自分で言うのもなんだけど、見た目だってそんなに悪くない。昔から才色兼備《さいしょくけんび》な宮崎奈央として通っているのだ、なんてね。

目はぱっちり二重《ふたえ》。鼻は高からず低からず。唇の形だって悪くない。普段はまとめている髪の毛は、セミロングの長さをキープ。背は百六十センチを少し超えたくらいだ。まあ、取りたてて武器になるものがないと言えなくもないけれど、弱点らしき弱点はない。

新入社員は数人のグループにわかれ、二週間の研修の後、それぞれの部署に配属されることになっていた。花の営業部に配属されたあかつきには、誰にも負けないくらい優秀な成績を取ってやると意気込んでいたそこで、わたしは星の名前を持つ男に出会った。

「今日から二週間、よろしく」

端整な顔で屈託なく笑ったその男こそ、伊勢谷昴《すばる》だったのだ。

くっきりとした二重の切れ長の目、すっと通った鼻すじと薄い唇が完璧なバランスで配置されている。名前の通りきらびやかで、十数人いる新入社員の中でも——いや、社内でも、飛びぬけて整った顔をしていた。大勢の女子社員があからさまに彼に見惚《みと》れ、誰もが素敵な人だと思っただろう。わたしだって最初はそう思った。

「同じ班になったよしみだ。仲良くやろうぜ」

端整な顔に似合わない少し砕けた口調に、人懐っこい笑顔。それがさらに彼の魅力を増していた。けれど、そのほのかな想いが嫉妬《しっと》に変わるまで、そう時間はかからなかった。

伊勢谷は、新人研修でなにをやらせてもそつなくこなした。企画、衣服のたたみ方に商品の梱包《こんぽう》、どれをとっても、伊勢谷にできないものはなかった。

同じ班になったわたしも必死に頑張って、高評価をもらった。でも伊勢谷はいつも、わたしの一歩前にいた。

「よし、完璧！」

プレゼントの梱包練習。仕上がりに満足して、上司のＯＫもでたのに——

「いいな、それ。で、もうちょっとこうすれば……」

伊勢谷が少しいじっただけで、さらに華やかになった。上司もびっくりだ。一事が万事、そんな感じ。でも、彼はいつも言うのだ。憎らしいくらいの笑みを浮かべて、

「すごいな、宮崎」

と。

嫌味《いやみ》でもなんでもなく、伊勢谷はただ純粋に感嘆の声を上げる。できることを鼻にかけるわけで

もなく、謙遜《けんそん》するわけでもない。誰かが失敗しそうになったときにはさりげなくフォローし、見事な結果を導きだす。そして伊勢谷はみんなに一目置かれ、尊敬され、憧れのまなざしを向けられるようになっていた。

わたしが望んでいたものすべてを、伊勢谷昴は持っていた。それも、わたしよりもずっとずっと優れた形で。

伊勢谷は一番星だ。暮れかけた空に、一番最初にキラキラ輝く明るい星。その光は強すぎて、わたしの光なんてかき消されてしまいそう。

でも、違う部署になれば、わたしが一番星になる可能性はまだあるはず。

なんて、強気だか弱気だかわからない決意を、神様がまともに取り合ってくれるはずもなかった。

新人研修が終わった翌週、わたしと伊勢谷は同じ営業部に配属になった。同期の女子には羨《うらや》ましがられたけれど、正直代わって欲しいくらいだ。確かにわたしは、営業にいきたいとずっと望んでいた。でもそれは、伊勢谷の存在を知らなかったときの話。

「よろしくな、宮崎」

営業部で机を並べ、伊勢谷が笑った。完璧な笑顔だ。それが驚くほど眩《まぶ》しく、わたしはなにも言えなかった。

伊勢谷には、当時の営業成績トップだった先輩が指導担当についた。それはつまり、会社からかなり期待されているということ。わたしを教えてくれた先輩も優秀な人ではあったけれど、トップではない。出だしから伊勢谷に先を越された。

正直ものすごく悔しかった。だから、わたしはそのとき、伊勢谷に勝つために努力を惜しまないと密かに決意したのだ。伊勢谷を一方的にライバル認定した瞬間だった。

先輩とともにいきいきと動き回る伊勢谷を視界の端にとらえながらも、わたしも必死になって仕事を覚えた。

「すごいな、宮崎。女性の新人でここまでできるヤツはめったにいないぞ！」

「ありがとうございます、先輩！」

おかげで、上司からも先輩からも一目置かれるくらい成長することができた。でも、伊勢谷はわたしのさらに上にいた。

「伊勢谷が契約取ったって！」

「新人が単独で契約を取るなんて初めてじゃないか⁉」

あのときの騒ぎは今でもよく覚えている。

わたしとは格が違う、優秀な伊勢谷――。それでも、わたしはなんとしても一番上に立ちたかった。そのためにはもっと努力しなければ、と思ったものだ。

ちなみに、その努力は六年経った現在も絶賛継続中だ。おかげで常にいい成績を取り続けているけれど、やっぱり伊勢谷には及ばないのだ。

「ああ、やだやだ」

ため息をつきながら最寄り駅でおり、駅前のコンビニに寄ってから帰宅する。帰り道、自然と見上げた空には、星がひとつだけ見えた。

わたしの実家の前には、海がある。夜になると、海と空の境界線もわからない、漆黒《しっこく》の闇が広がる。空にはいつでも満天の星。数えきれないほどの星が、ちりばめられた宝石のように闇の中で輝くのだ。吸い込まれそうなその星空をずっと眺めることが、わたしの至福の時間だった。

何光年、何万光年彼方《かなた》から届くわずかな光。それを見ながら、何度宇宙の果てに思いをはせたことか。そのころの気持ちが、まだわたしの中に残っているのだろう。何年も宇宙空間をさ迷っていた小型探査機の帰還ニュースに感激し、大気圏で燃え尽きる映像を見て涙してしまった。でも、それは誰にも内緒だ。バリバリ仕事をこなすキャリアウーマンとみなされているわたしに、そんな弱いイメージは不要なのだ。浮いた話ひとつなく、強気で仕事にしか興味がないと思われている——

それが今のわたしなんだから。

2

休日は用事がない限り、朝寝坊すると決めている。一週間の疲れは一晩寝たくらいでは取れない。しかもその疲労の蓄積感は、年々顕著《けんちょ》になっていた。伊勢谷に言われるとムカつくけれど、やっぱり年齢のせいなのかもしれない。二十代後半でこれでは、この先のことを考えるとうすら寒くなって来る。

なんとか布団から起き上がり、すでに明るい部屋の中を見回した。１Ｋの部屋に家具類はあまりなく、まあまあ片づいている。散らかるほど部屋にいないからだ。

「今日は掃除はしなくてもいいかな～」

一人つぶやき、部屋の隅にまとめていた洗濯物をかき集め、洗濯機を回す。その間に朝食用に買ったサンドイッチを食べ、こたつに入ってぼーっとテレビを眺めた。

東京に住んでもう十年になるのに、テレビや雑誌で見るような、おしゃれで都会的な生活を送ってはいない。恋人がいたころは多少違っていたけれど、それも短い時間だ。残念ながら、一人の時間の方が遥かに長いのが現実。

洗濯物を外に干し、一息ついたところでインターホンが鳴った。実家から大きくて重い荷物が届いたのだ。

「ありがたや、ありがたや」

そう言って段ボールを開けると、一番上に封筒が乗っていた。それを一旦こたつの上に置き、その下にある沢山のビニール袋を開ける。中に入っていたのは、お米、お味噌《みそ》、海苔《のり》と佃煮《つくだに》、タマネギとにんじんとじゃがいも。それから、なんだかオバサンっぽい肌着。これは母が通販で買っているものだ。一、二ヶ月に一度届くおなじみのラインナップは、都会で一人暮らしをしている身には有難い仕送りだ。

食料品を片づけ、肌着はクローゼットの中の衣装ケースに仕舞う。ついでにお湯を沸かして、温かいお茶を淹《い》れた。十一月ともなると、部屋の中でも結構冷える。

こたつに入り、除《よ》けておいた封筒を開けた。中にはさらに封筒が二通入っていた。一通は母からの手紙だ。内容は毎度変わりない。向こうの近況、こちらの様子を伺う言葉、そして、頑張って下さいの文字。

もうひとつの封筒には、兄夫婦の子どもたちの写真が入っていた。甥《おい》の哲弥《てつや》が七歳、姪《めい》の千香《ちか》が五歳。二人とも先月が誕生日だったので、プレゼントを贈ったのだが、そのお礼らしい。

「ふふ、可愛い」

おもちゃを前に満面の笑みを浮かべる二人の顔に、うれしくなる。手紙を開くと、拙《つたな》い文字が並んでいた。そこにも〝おしごとがんばって〟という言葉を見つける。

その言葉はわたしにとって、時々とても重たい。

「ちゃんと頑張ってるってば」

ため息をつき、お茶を一口飲んでスマートフォンを手に取る。アドレス帳から実家の番号を探してタップすると、しばらくして母の声が聞こえた。

「あ、お母さん。奈央やけど」

普段は一切でない土地の言葉が、すらりと口から出て来る。

『奈央、元気？　荷物届いた？』

「うん、ちゃんと届いたよ。いつもありがとう。哲と千香にもお礼言っといて」

『わかった。だいぶ寒なって来たから、ちゃんと温かくするんよ』

「うん」

『仕事は？　営業いうんは忙しいんやろ？』

「まあね」

『無理せんと頑張りや。でもほんま、お母さん誇らしいわ。この前もお客さんに、娘が東京の大学をでて東京で働いてるって言うたら、すごいですねえって言われたんよ』

「そう」

母の声は、いつも通りうれしそうだった。母の中でわたしは、誰にも負けない優秀な娘のままなのだ。

でもね、お母さん。そんな人間、東京《ここ》には数え切れないくらいいるのよ。

喉《のど》まででかかった言葉を呑み込み、当たり障《さわ》りのない会話をして電話を終えると、一気に疲れが押し寄せた。

実家の家族を懐かしく思わないときはない。荷物が届けばありがたいし、声を聞けばうれしい。それでも、かけられた期待の大きさに、時々押しつぶされそうになる。

お母さん。残念ながらあなたの娘は、それほど優秀ではないのです。本当に優秀というのは、あの男のような人のことをいうのだから。

外見も性格も頭脳も、なにもかも完璧な伊勢谷。同期の中で一番近い位置にいて、誰よりもわたしの劣等感を刺激する男。そして、わたしの密かな趣味でさえ、ヤツは知っている。

それを思い出すと、いつも胸がざわつく。弱みを握られてるような感覚になるのだ。

「あーやだやだ。せっかくの休日にこんなに暗くなるなんて。買い物にでも行こうっと」

気持ちを切りかえるため、勢いよく立ち上がり、コートを羽織った。

伊勢谷にわたしの趣味を知られたのは、配属から二週間後の週末に行われた、営業部の新人歓迎会のときだった。

みんなで居酒屋に移動する途中、ふと空を見上げた。空を見るのは、わたしの癖のようなものだ。都会のビル群の間から見える夜空は本当にわずかで、どんなに目を凝《こ》らしても星ひとつ見えない。本当なら、無数の星々がそこにあるはずなのに。

「なにを見てんだ？」

そのとき、いつの間にかわたしの隣を歩いていた伊勢谷が言った。痛くなるほど空を見上げていた首を戻し、背の高い伊勢谷に視線を合わせる。

朝は軽く整えられていた髪が、今は少し崩れている。それでも、伊勢谷の男前が損なわれることはない。天は二物を与えずなんて嘘だということを、この男は体現していた。こんな伊勢谷だけど、現在恋人はいない。そんなこと興味なかったけど、女子社員の間で伊勢谷の話題が絶えなかったので、勝手に耳に入って来たのだ。

「星よ。でも見えないの」

そう答えたわたしに伊勢谷がなにか言おうとしたとき、目的の店に到着した。そのまま押されるように店に入り、新人だからと伊勢谷と二人で上司の近くに座らされた。

大学時代は、バイトと勉強に明け暮れていたから、大勢の飲み会の経験はほとんどない。先輩たちと緊張しながらも和気藹々《わきあいあい》と話し、勧められるままにお酒を飲んでいたらすっかり酔いが回ってしまった。

最初は意識していた隣の伊勢谷が気にならなくなったころ、その伊勢谷がわたしに話しかけて来た。

「さっきの続きだけどさ」

「えっ？」

賑《にぎ》やかな声に紛《まぎ》れてよく聞こえない。頭を少しだけ伊勢谷に寄せる。

「星のこと。興味があるのか？」

伊勢谷も同じように頭を寄せたので、髪の先が触れ合った。ドキッとしてしまったのは、きっとお酒のせいに違いない。

「見るのが、好きなだけ」

なんとなく、癒《い》やされているとは言いたくなかった。あの懐かしい星空にいつでも焦《こ》がれていることは、この同期には知られたくないと思ったのだ。伊勢谷の前で弱音を吐くことになる気がして――

「意外だな」

伊勢谷が面白そうに笑う。詳しく言わなくてよかったと思いつつ、なんだか少しカチンと来た。意外ってなによ、意外って。わたしのこと、なにも知らないくせに。

「東京の空は、星が全然見えないからつまらないわ」

お酒の勢いもあってヤケになって答えると、伊勢谷がまたクスッと笑った。

「宮崎、出身はどこ?」

瀬戸内の島の名を答えると、彼はふむと頷いた。

「なら、物足りないだろうな」

そう、物足りない。心の中で頷き、グラスに半分入ったビールをじっと見つめる。

「プラネタリウムに行ったことあるか?」

伊勢谷がふと言った。顔を上げてヤツの顔を見る。

「東京は本物の星はあんまり見えないけど、プラネタリウムは結構あちこちにあるんだ。行ったことは?」

もちろんないし、今の今までそんな発想もなかった。ふるふると首を振り、出会って初めて伊勢谷に感謝した。

そうだ、プラネタリウムなら本物じゃないけど星が見れるじゃないか。どうして今まで気づかなかったのか、自分で自分を責めたくなった。早速調べてみようと思ったそのとき――

「じゃあ、いっそ二人で天文部でも作るか。〝星を見る会〟ってのもいいかな」

「……えっ、なんで二人?」

一瞬胸がドキッとした。

驚いているわたしに、伊勢谷が笑いかける。

「一人で見るより楽しいだろ」

思わず息を呑むほど眩《まぶ》しい笑顔を向けられ、とっさに言葉がでなかった。

「待ってろよ、色々計画してやるから」

「いやいや、そっちが待ちなさいよ」

言いかけたわたしを、伊勢谷が制する。

「まあまあ、任せとけって」

「え、待ってよ！」

反論する間を与えず、伊勢谷はさっさと向きを変えて上司や先輩たちとまた盛り上がりはじめてしまった。残されたわたしは、一人悶々《もんもん》とする。

そのあと伊勢谷との会話はないまま飲み会が終わり、ふらふらと当時住んでいたワンルームのアパートに帰った。布団に入ったときには釈然としなかったけれど、翌日ガンガン鳴る頭を抱えながら振り返ると、あれは酔っ払いの戯言《ざれごと》に違いないと思えて来た。日曜日にそれが確信に変わり、月曜日には、そんな話があったことさえ忘れてわたしは出勤した。ところが、そんなわたしの顔を見るなり、伊勢谷が言ったのだ。

「金曜日の夜、空けとけよ」

「え、なんで？」

「〝星を見る会〟、第一回目の活動だから」

「は？」

「ちゃんと定時に終わるように調整しろよー」

唖然《あぜん》としているわたしを残し、伊勢谷はさっさと外回りに行ってしまった。

その週はわたしも伊勢谷も忙しくて、日中は全然会社にいなかった。同じ部署とはいえ、ゆっくり話すどころではない。結局、伊勢谷とほとんど話せないまま当日を迎えることになった。

「ほら、行くぞ宮崎」

終業時間を過ぎ、わたしがようやく報告書を書き終えたタイミングで伊勢谷が言った。当たり前のことを告げるようなあっさりした口調に、思わずぽかんとする。そんなわたしに、伊勢谷が呆れた顔を向けた。

「おい、記念すべき活動開始日を忘れたのかよ」

「わ、忘れてないわよっ」

ちょっとムカついて言い返す。悔しいけど、実は結構楽しみにしてたのだ。だって、久しぶりに沢山の星が見られるんだから。伊勢谷と一緒というのがまだ解《げ》せないけど、大学と今の職場と自宅付近しか知らないので、いい案内係だと思うことにした。

家に帰るのとは違う電車に乗り、週末で混雑する駅でおりた。都会の繁華街を二人で歩く。

「どこに行くの？」

「一番メジャーなとこ」

そう言いながら、伊勢谷が大きなビルの中にあるエレベーターに乗り込んだ。

「こんな時間までやってるの？」

「最終は夜の九時だ。先にチケットを買って、飯でも食うか。腹減ったし」

直通のエレベーターはあっという間に屋上に着いた。おりたら目の前に水族館があって、さらに驚く。

「宮崎、こっち」

振り返ると、伊勢谷がプラネタリウムのチケットブースの前で手招きしている。慌てて彼に駆け寄った。

「時間、どうする？　飯食いたいから、八時のでいいか？」

今が十八時過ぎだから、そんなもんだろう。頷くと、伊勢谷が窓口に向かった。

「あ、お金」

お財布をだそうとしたら、伊勢谷が手を振った。

「いいって。記念すべき一回目なんだから。部長の俺がだしてやる」

……部長って。

「あ、ありがと」

窓口で揉めるのもなんだし、とりあえずお礼を言って引き下がる。

チケットを買った伊勢谷とまたエレベーターで下までおりて、食堂街を歩いた。週末のご飯時でどこも結構混んでいたから、入ったのは結局ファストフードだ。

そのときの食事代はわたしが払った。伊勢谷は渋ったけれど、二人分を払ってもプラネタリウムのチケット代には及ばない。

当たり障《さわ》りのない会話をしながらハンバーガーを食べ、開始二十分ほど前に店をでた。エレベーターに乗りまた屋上に上がる。プラネタリウムの前には、すでに列ができていた。

「この時間でも、結構混んでるのね」

「だな」

金曜日の夜ということもあるのか、ほぼカップルだった。その中で、伊勢谷は平然とした顔をしていた。そのうち、女性の視線が彼に集まる。

もしかしたら、わたしと伊勢谷もそういう風に見られているのかしら？

――あるわけないか。

一瞬でもそう考えた自分に、我ながら呆れてしまう。

同じ仕事をしているのに、仕事帰りでくたびれているわたしと違い、伊勢谷は雑誌から抜け出て来たようにキラキラしていた。

どう考えても、わたしと彼はつりあわない――

その事実は、思った以上にわたしの心にぐさりと刺さった。

開演十分前に扉が開き、列が動きだす。伊勢谷はさっさと歩いて、後方の真ん中に席を取ってくれた。

「実は俺も久しぶりなんだ。楽しみだな」

伊勢谷が椅子を倒したので、同じように座席を思いっきり倒す。ふと隣を見ると、間近に伊勢谷の顔があって、図らずもドキドキしてしまった。そんな自分に驚く。わたしは自身を誤魔化《ごまか》すように、あえて強気な調子で言った。

「さあ、思いっきり楽しむわよ！」

「ああ」

伊勢谷の低い笑い声を聞きながら、視線をスクリーンに移す。ほどなくして室内の明かりが落とされた。球状の画面にいくつかの広告が映されたあと、音楽とともに一面に星が光りだした。吸い込まれそうな漆黒《しっこく》の闇に、懐かしい天の川が浮かび上がる。

東京では見えない、無数の星。そして日本では見えない南十字星。宇宙から届く小さな光は、わたしの中で大きな力になる。

終わった後も、しばらくスクリーンを眺めていた。久しぶりに見た星。実物の方がいいのは当然だけど、それを見ることが難しい今の状態では、最上の星空だった。

ささくれていた心が落ち着いた。やはり、星を見ることはわたしにとって癒《い》やしなのだ。

「大丈夫か?」

低い声がすぐ近くで聞こえたと同時に、伊勢谷がわたしの顔を覗き込んだ。伊勢谷の瞳の中に星が見えた気がして、思わずじっと見つめる。と、それは室内灯の光だと気づいた。

「あ、ごめん」

我に返って視線を外し、立ち上がる。軽くからだを伸ばし、出口に向かった。

「なんか、久しぶりに感動したな」

ビルをでて、駅に向かう途中で伊勢谷が言った。金曜日の夜だからまだまだ人が多い。人ごみを縫うように歩く伊勢谷に合わせる。

「そうね。本当にきれいだった。連れて来てくれてありがとう」

星を見たおかげで、いつになく素直にそう言えた。いつもと違う態度に驚いたのか、伊勢谷はわたしの顔をまじまじと見つめた。

「なによ？」

「いや。また行こうぜ。今度は別の場所にしような」

伊勢谷が笑顔になって言った。

『今度』という言葉に、次も二人で？　とか、なんでこいつと、とか思いながら、それでも頷いてしまった自分にまた驚く。そのとき、出しぬけに声をかけられた。

「やっぱり。伊勢谷くんと宮崎さんだ」

伊勢谷と並んで振り返ると、会社の同期の女の子が三人いた。飲み会の帰りだろうか。みんな少し顔が赤く、そしてハイテンションだ。

「やだ、二人してどうしたの？」

「仕事？」

……矢継《やつ》ぎ早《ばや》に聞かれたけど、ここで『デート？』と言われないのはなぜだろう？

「プラネタリウムに行って来たんだ」

伊勢谷は平然と答える。

「えーっ、伊勢谷くんってそんな趣味があったの!?　……どうして宮崎さんと？」

「ね、宮崎さん？」

彼女たちが目を見開き、一斉にわたしを見た。

いや、そんな目で見られても。

「天文部を作ったの。伊勢谷が」

その一環で……と言葉を濁《にご》す。

女の子たちは目を丸くして、今度は伊勢谷を見た。

「まあ、そういうこと。メンバーは今のところ俺と宮崎だけだけどな」

伊勢谷が苦笑いを浮かべて言う。

彼女たちは三人で顔を見合わせ、揃って頷いた。

「ねえ、わたしたちも入れてよ。大勢の方が楽しいでしょ？」

大勢でプラネタリウムを見てどうすんのよ。そんなのただの遠足じゃない――。そう思ったけれど、とても言える雰囲気ではない。

しかも、彼女たちは伊勢谷ではなく、わたしに聞いて来た。こんな視線を一斉に浴びて、ここでNOと言える人間がいたらぜひともお目にかかりたい。

「もちろん」

なんとか頷くと、彼女たちは「やったー」と声を上げて喜んだ。伊勢谷が少しだけ肩をすくめた気がしたけど、そうしたいのはわたしの方だ。

「じゃあ、今度さ――」

彼女たちが伊勢谷に今後の提案を始めるのを、わたしは冷めた目で見ていた。

伊勢谷のまんざらでもないような応対に、誰でもよかったんじゃないの？　という思いがわきおこる。一緒に遊んでくれるなら、誰でも。

みんな一緒に駅に向かい、一人路線が違うわたしだけが別の改札に向かう。

「またな」

別れ際に伊勢谷が言った。手を上げてそれに応《こた》え、楽しげな女の子たちの声を聞きながら、わたしは人ごみに紛れた。

その後、伊勢谷が作った〝星を見る会〟は同期、先輩を含めあっという間に人数が増えていった。何か所かプラネタリウムを見て回ったけれど、やっぱり大勢で活動するのは難しく、それぞれの仕事も忙しくなって来たこともあって、いつの間にか会は立ち消えた。

その間に、伊勢谷はどんどん成績を伸ばし、入社三年目には営業成績のトップに立っていた。伊勢谷はますます輝く星になり、わたしとの距離はひらく一方だ。

星が好き、というのは決して恥ずかしいことではない。だけどなぜか、伊勢谷に知られたことが嫌だった。都会になじめず苦労している、と思われそうで……

なんてのは、わたしの勝手な思い込みだろうか。

3

あっという間に週が明け、月曜日。

ダラダラ過ごした週末のおかげで疲れは取れたけど、やっぱりすっきりはしていない。こんなときは、星を見るに限る。きっかけが伊勢谷というのが気に入らないけれど、実はあれ以降、わたしはたびたび一人でプラネタリウムに行っている。映しだされたものとはいえ、やはり和《なご》むものは和むのだ。

週明け早々だけど、帰りにプラネタリウムに寄って帰ろうと決意して、わたしは通勤電車をおりた。

会社への道を歩き、沢山の人とともに巨大なオフィスビルに吸い込まれるように入る。会社は十階と十一階のフロアにあって、営業部は十階だ。エレベーターをおりると、ホールに置かれたショーウィンドウに自社製品がずらりと並んでいる。

そこには、女性向けの可愛い雑貨が新しく追加されていた。それらをひとつひとつ見ながら、担当している店舗のディスプレイを考える。営業先の商品の陳列も、わたしの仕事のひとつだ。効果的に並べてもらうよう、店側にアドバイスをすることもある。

受付を通って、一番手前にある営業部の部屋の扉を開けた。そこはまだ薄暗く、誰も来ていないようだ。部屋の電気と暖房をつけて自分の席に向かう。鞄《かばん》を机の下に置いて、パソコンの電源を入れた。立ち上がる間に、給湯室の湯沸しポットに水を入れてセットする。

ふと、部屋の壁を見た。諸々のスケジュール表の隣に貼りだされているのは、後期の営業成績表だ。凸凹《でこぼこ》した棒グラフの中で、常に群を抜いて高いのは伊勢谷。わたしはその中で二番手にいるけれど、伊勢谷との差は大きい。それはここ数年間、ほぼ変わらない。

でも、それももう終わるはず。わたしが夏ごろから営業をかけている案件が、ここに来てようやくまとまりつつある。本契約となれば、かなりの大口になる予定だ。そうすれば、わたしと伊勢谷の差はなくなる。いや、確実に追い抜ける。ライバルだと定めて六年目にしてようやく、ヤツの上に立つことができるのだ！

「今に見てなさい！」

グッとこぶしを握り席に戻ると、それとほぼ同時に、伊勢谷が出社した。

「おはよ。今日も早いな、宮崎」

わたしの隣の席にどかっと座る。なぜか、伊勢谷とわたしの席は隣同士のまんまだった。

「おはよう」

一応返事をしてメールチェックをする。とりあえず急ぎの用事はなさそうだと息を吐いたとき、クスッと笑い声がした。思わず眉を寄せて隣を見ると、やっぱり、伊勢谷がニヤニヤしてわたしを見ていた。にやけた顔なのに、なまじ整っているせいでそう見えないのが腹が立つ。

「なによ？」

「別に。月曜の朝から難しい顔してんなって思ってさ。そろそろしわが目立つ年ごろなんだから、気をつけろよ」

「うるさいわね！　ほっといてよ」

誰のせいだと思いつつ、叩くようにキーボードを打って必要なメールの返事をする。伊勢谷が笑いながらパソコンの電源を入れ、同じようにメールチェックを始めた。

「週末はちゃんと休めたか？」

パソコンに顔を向けたまま、伊勢谷が言った。

「おかげさまで。ダラダラ過ごして、二日間を無駄にしたわ」

わたしもヤツの方を見ないまま答える。

「無駄じゃないだろ。本当に必要だからそうしてるってだけで」

思わず手が止まった。こういうとき、伊勢谷は意地悪なのか優しいのかわからなくなる。

ムカつくことに、伊勢谷は入社したころと変わらず、今でも腹が立つくらいいい男だ。相変わらず女性には呆れるほどモテるけれど、未だ恋人はいないと本人が公言している。

いないはずはないと思うので、多分隠しているのだろう。その証拠に、用事があるとかで飲み会に参加しないことが多々あった。

恋人の話を彼に振らないのは、自分にもその反動が来るからだ。わたしの恋愛事情につっこまれると困ってしまう。

学生時代に少しの間つきあっていた人はいたけれど、就職してからはいない。

配属当時に指導してくれた営業部の先輩に告白されたことがあったけれど、そのときは伊勢谷に負けないように仕事するのに精一杯で、余裕がなくて、結局お断りしてしまった。とてもいい人だったし、優しくもしてくれていたから、断るのは心苦しかった。それからも指導係であることは続いていたので、色々気まずかったこともあり、しばらくして彼が転勤になったときは、正直ホッとした。

恋人も作らず仕事に没頭していると、時々寂しくなる。でも今の自分にはこれが精一杯だ。

そんな現実を彼に言うことなんて絶対にできない。

もやもやしている間に、他の社員がぞくぞくと出勤して来た。

「おはよう」

「おはようございます！」

全員が揃ったところで営業部の及川《おいかわ》課長が月曜日恒例の朝礼を始めた。

及川課長は一見のほほんとした普通のおじさんに見えるけれど、実はかなりのやり手営業マンだ。新人だった伊勢谷を指導した人でもある。あのあと、着実に昇進して、今では営業課長だ。

短い朝礼が終わり、わたしは外回りに持っていく資料やサンプルを揃え、紙袋に詰め込んだ。立ち上がって、椅子の背もたれにかけてあったコートを着ると、同時に伊勢谷も立ち上がった。営業車の鍵を手に、エレベーターに向かうタイミングも同じ。

ビルの地下にある駐車場で、空気が冷たくて思わず身震いする。そろそろマフラーが欲しい。

「また一段と寒くなって来たな」

眉間に少しだけしわを寄せ、隣に立っていた伊勢谷が言った。

「やるよ。お互いに頑張ろうぜ」

いつの間に買ったのか、伊勢谷から温かい缶コーヒーを渡された。

「ぜーったい負けないもんね！」

颯爽《さっそう》と車に向かって歩きだした伊勢谷の背中に向かって思いっきり舌をだすと、背を向けたまま伊勢谷が手を上げた。どうやら聞こえたみたいだ。温かい缶コーヒーを握りしめ、冷たい空気をいっぱいに吸い込み、わたしも自分の車に向かった。

営業は電車で行くこともあれば、車で回ることもある。都内の運転は最初は緊張したけれど、今では慣れたものだ。午前中は現在商品を置いてもらっている店舗を回り、新商品のパンフレットとサンプルを配った。お昼は手近なファストフードですませ、また車を運転して本命の会社へ向かう。目指すのは、私鉄の本社ビルだ。

最初に営業をかけたのは、駅の構内にある小さな雑貨屋だった。ちょうどそのころ、その私鉄全線で大がかりな駅ビルの再開発が決定していて、タイミングよくその担当者に引き合わせてもらえたのだ。ここまでの手ごたえは悪くない。うまくいけば、今後主要な駅すべてに建設される駅ビルの店舗に、商品を置くことができる。

この契約がまとまれば、間違いなく営業部内でトップに立てる。

来客用の駐車場に車を停め、深呼吸して入り口をくぐる。受付で担当者の名前を告げると、すぐに会議室に案内された。そこで持って来た資料を取りだしていたら、中年の男性が入って来た。担当の後藤《ごとう》さんだ。

「今日は冷えますね」

後藤さんは片手に書類を抱え、飲み物の入ったカップを乗せたお盆を持ったまま、部屋の空調を調節しだした。

慌てて駆け寄り、お盆を受け取る。

「ああ、すみません」

へへっと笑うと、人のよさそうな笑顔になる。

後藤さんはうちの及川課長と同年代の穏やかな人だ。だけど駅ビルのテナント関係を総括している部署の偉い人だから、やり手なのだろう。

「お忙しい中、お時間をいただきありがとうございます」

「こちらこそ、何度も足を運んでいただいて」

どうぞ、と温かい珈琲《コーヒー》を勧められ、一口飲む。それから、持って来た書類を広げた。

現在の売れ筋と駅を利用する購買層の関係、雑貨店の必要性と店舗のイメージなど、なるべくわかりやすく説明した。

後藤さんは資料を丁寧に見て、うんうんと頷いてくれている。

「この資料とイメージはいいですね。上の方々にもわかりやすい」

「ありがとうございます」

こう言ってもらえると、残業して作った甲斐《かい》があったというもの。

後藤さんがわたしを見てにこりと笑った。

「明日の午前中に会議がありましてね。この資料を提示したいと思います。何事もなければ、そこで正式に決定します」

「は、はい」

ああ、いよいよだ。緊張のあまり、ごくんと唾を呑み込んだ。そんなわたしを見て、後藤さんがまた笑う。

「宮崎さんが熱心に通ってくださったので、ぼくも心してプレゼンしますよ」

「よろしくお願いします！」

膝に置いていた手をぎゅっと握り、机に頭がつきそうなくらい、礼をした。

「まだ決定ではないんですけどね」

後藤さんがそう言って、目の前に書類を広げた。

「各ビルに雑貨と文具のテナントを入れる予定なんです。宮崎さんのところには、この内の約四分の一のスペースをお願いしたいと思っています。場所によって規模や内容も異なると思うので、それに合わせた商品展開を今のうちから考えておいていただきたい」

まだ決まってないから急がなくていいですよ――後藤さんは笑ってそうつけ加えた。

渡された書類には、各店舗の大よその広さの一覧が書かれている。一度にこれだけの数の店舗を扱うのは初めてだ。

こんなにわくわくするのは何年ぶりだろう。これが決まれば寝る暇もないくらい忙しくなるだろうけど、早く手をつけたくてたまらなくなった。

「では、明日決まり次第ご連絡します」

「はい。どうぞよろしくお願いいたします」

深く頭を下げる。

営業先をでてからも、まだ夢心地だった。足取りも軽く会社に戻ると、営業部からわーっという声が聞こえた。

そっとドアを開けると、課長の机のそばに人が集まっている。在社している営業部のメンバーだ。

課長の前には伊勢谷がいた。この光景は何度も見たことがある。

「すげーな、伊勢谷！　今月で二件目だぞ、新規の店舗」

ああ、やっぱり。また伊勢谷が契約を取って来たようだ。

うれしそうな及川課長やみんなの顔を見ると、胸がぎゅっと痛くなった。こんな嫉妬心《しっと》は捨てるべきだと、もう何年も思っているのに、まだ捨てられない。

自分の机に鞄《かばん》を置き、後藤さんから渡された書類を取りだす。わたしにはわたしの仕事がある。初めて、伊勢谷を追い越せるかもしれないのだ。そう思うと、また胸がわくわくして来た。

「よお、お疲れ」

顔を向けると伊勢谷がいた。まあ隣の席なので当然だけれど。

「お疲れ様、それからおめでとう」

ここで祝えないほど子どもでもない、はずだ。わたしは平静を装って言う。

「ありがとう」

伊勢谷はちょっと笑い、椅子に座った。彼はいつでも大げさに喜んだりはしない。それが余計に気に障《さわ》る。わたしだったら、きっと小躍《こおど》りしちゃうわよ。

そんなことを胸の中で思いつつ、次はわたしだと、書類を持って課長のもとに行った。

「おお、戻ったか。どうだった？」

「最終決定は明日の会議だそうですが、ほぼいけるかと」

さっきの書類を見せつつ後藤さんから言われたことを伝えると、及川課長が眉を上げた。

「これは、かなりの規模になりそうだな」

そして、わたしを見てニヤリと笑う。

「伊勢谷の鼻を明かすときが来たようだ」

ささやくような小さな声に、わたしもニヤリと頷き返す。

「決まり次第教えてくれ。本契約には同行する」

「はい！」

書類を受け取り、なんにもなかったような顔をして自分の席に戻った。決まるまでは内緒にしたい。そして決まった暁《あかつき》には、伊勢谷の目の前で小躍りどころか飛び上がって喜んでやるつもりだ。

伊勢谷の驚く顔が目に浮かぶ。にやけているのがばれないように気をつけながら黙々と資料を作っていると、いつの間にか定時を過ぎていた。

おっと、今日は早めに終わらせようと思っていたのに。

ファイルを保存して一息ついたところで、肩をぽんと叩かれた。振り返ると一美が立っている。

今日は首を絞められなかったようだ。——よかった。

「お疲れ、奈央。今からみんなでご飯食べに行くんだけど、一緒に行かない？　月曜日だけ特別メニューをだす店があるんだって。ちなみに合コンじゃないから。ねぇ、伊勢谷も行こうよ」

一美は隣の伊勢谷にも声をかけた。

ヤツが行くなら行きたくないし、それにそもそも、今夜は星を見ようと朝から決めていたのだ。

「あーごめん、今日はちょっと」

断ると一美がえーっと声を上げた。

「ほんとに合コンじゃないのよ？　普通の食事だけ」

一美が言葉をかさねる。そこまで合コンの件を根に持っているわけじゃないのに。

「ごめん、用があるのよ」

「宮崎は一人で飲む方がいいんだろ」

もう一度断ったとほぼ同時に、伊勢谷がからかうように言った。いちいちムカつく男だ。

元々お酒は苦手で、同期の飲み会すらほとんど参加しないのに、人聞きの悪いことを言わないでもらいたい。

「一人で飲みになんて行かないわよ。用事よ、用事！」

一人で飲みに行くような女だと、伊勢谷は思っているんだろうか。そう考えると、なぜか胸がチクリとした。

「そう。じゃあ、残念だけどまたね。伊勢谷も来られるなら連絡して」

一美はそう言うと、ドアから出て行った。

最後のメールチェックをしてパソコンを落としたのち、立ち上がってコートを羽織る。

「お先～」

隣でまだキーボードを叩いている伊勢谷に声をかけると、ヤツが顔を上げ、それから手を上げた。

「おー。お疲れ。一人で飲みすぎんなよ」

「だから、飲まないって言ってんの」

ケラケラ笑う伊勢谷を無視して、会社をあとにした。気が立っているからか、寒さもそんなに気にならない。

駅までの道を足早に歩き、家に帰るのとは別の路線に乗る。目指すのは奇《く》しくも伊勢谷に最初に連れて行ってもらったプラネタリウムだ。そこが時間的にも場所的にも一番行きやすかったのだ。

月曜の夜でも大勢の人がいる街で、人の流れに乗って、大きなビルに向かう。時間や空席情報はスマートフォンでチェックし、すでに予約済みだ。六年で随分《ずいぶん》便利になったものだ。先にさっさと食事をすませ、専用のエレベーターに乗った。

屋上でおり、プラネタリウムの入り口に向かう。

「いらっしゃいませ。記念品をどうぞ」

スマホの画面を見せて入場すると、ちょうどプログラムが変わった時期らしく、記念のロゴと北斗七星をかたどったキーホルダーをもらった。

開場と同時に中に入る。席は後方の真ん中の、一番いい席だ。

グッと背もたれを倒し、球状のスクリーンを見上げる。室内が徐々に暗くなり、スクリーンに映像が浮かび上がる。

そのとき、ふと〝星を見る会〟のことを思い出した。一時は大勢参加していたけれど、今ではもう誰も存在すら覚えていないだろう、あの集まり。元々伊勢谷目当てで集まった女子ばかりだったから、彼が声を上げない限り誰も集まらない。

それにしてもあのとき、どうして伊勢谷はわたしを誘ったんだろう。プラネタリウムの存在を教えてくれたことは感謝している。それだけでよかったのに、どうしてわざわざ一緒に星を見に行ったの？

音楽が流れ、スクリーンの夜空に星々が浮かび上がる。

「あ……」

その中に、小さな星の塊《かたまり》を見つけた。すばるだ。伊勢谷の名前、伊勢谷の星。

すばるとともに、目の前の巨大なスクリーンに満天の星が映しだされた。子どものころから見慣れた暗黒の夜空――

スクリーンの星を、目に焼きつけた。

まだ頑張れる。大きな仕事もきっと決まる。これでわたしも、輝ける星になれるだろう。

待ってなさいよ、伊勢谷！

4

きれいな星をたっぷりと見たおかげか、翌朝は目覚ましが鳴る前にすっきりと目が覚めた。久しぶりに時間をかけて朝食をとり、身支度を整える。

鞄《かばん》に、昨日もらったキーホルダーをつけてみた。飾り気のない黒い通勤鞄に、小さな北斗七星が揺れる。

「可愛いじゃない」

まるで夜空に浮かんでいるかのようだ。

テレビの天気予報を眺め、気温を確認してクローゼットの衣装ケースからマフラーを取りだした。まだ十二月になっていないけれど、例年より気温が低くコートだけでは寒さは防げない。コートの上からしっかりとマフラーを巻き、少し可愛らしくなった鞄を肩にかけて家をでた。

会社のビルの入り口に来たとき、背後から肩を叩かれる。また一美かと振り返ると、伊勢谷がいた。わたしと同じように、首にマフラーをぐるぐる巻きにしている。

「おはよ」

「おはよう」

他の会社の女の子たちが伊勢谷をちらちら見ているのを横目に、エレベーターホールに向かう。

「昨日は飲み過ぎなかったか？」

マフラーを少し緩《ゆる》めて伊勢谷が言った。

「だから飲まないって言ってるでしょ！　だいたい、飲んだのはあんたじゃない」

「俺、行かなかったし」

「あら。……そう」

なぜかホッとしている自分に、自分で驚く。

社交的な伊勢谷だけど、実のところ夜のつきあいは悪いのだ。それは社内ではよく知られたことだ。とはいえわたしには関係ないと、鞄を抱え直す。北斗七星がカチャリと音を立てて揺れたとたん、伊勢谷が声をあげた。

「それ……プラネタリウムに行ったのか？　……もしかしてデートかっ⁉」

わざとらしく驚く伊勢谷をギッと睨《にら》む。

「まさか。一人に決まってるでしょっ！」

自分で言ってて悲しくなるセリフだ。だけど伊勢谷は、そんなわたしの内心に構うことなく満面の笑みで頷いた。

「だよな」

「はあ？　だよなってなによっ」

「だって、お前、男っ気が皆無《かいむ》じゃん」

「あんたって本当に失礼な男ね。ほっときなさいよ！」

「俺がほっといたら、構ってくれる男が誰一人いなくなるだろ」

「なっ……」

一瞬あっけにとられ、反論しようと思ったところでエレベーターのドアが開いた。満員電車並みに詰め込まれ、伊勢谷と向かい合って抱きあうような体勢になってしまった。わたしと伊勢谷の距離はほぼないに等しい。ドキドキしてしまったのは、怒りのせいに違いない。妙に速く動く心臓の音まで聞かれてしまいそうだ。伊勢谷のコートのボタンを睨《にら》みながら、そのドキドキを誤魔化《ごまか》そうと頭の中で毒づいた。

どうせ長らくカレシなんていないわよ。でもあんただって相手がいないのは同じじゃない。まあ、隠してるのかもしれないけど。だいたいプラネタリウムだって、一緒に行こうって誘ったくせに、勝手に行かなくなったのはあんたじゃないの。

——ああ嫌だ。これじゃあわたしが、伊勢谷と一緒に行きたがってるみたいじゃない。

思わず頭を振ったら、頭上から伊勢谷の低い声がした。

「動くなよ、くすぐったいだろ」

腹が立つのでさらに振ってやった。すると伊勢谷が、フンと鼻を鳴らして笑う。そしてヤツのあごがわたしの頭頂部に乗り、その重みで動きを封じられた。

「ちょ、ちょっとっ」

つむじにあごが刺さってる！　痛い！

からだを引こうとしても、乗っている頭がさらに重くなってそれもかなわない。ますます腹が立って来て、抗議しようと思ったところでドアが開いた。伊勢谷に腕を掴まれ、満員のエレベーターから抜けだす。

「ちょっと、痛いじゃない！」

「お前が動くからだろ。こっちだって身動きが取れないんだっつーの」

伊勢谷は悪びれる風もなく、さっさと歩きだした。その後ろ姿を睨みながら、まだ少し感触の残る頭頂部に手を当てる。

なんなのよ、もう。

今ごろ、私鉄本社では例の会議が行われているはずだ。気になるけれど、わたしの仕事はそれだけではないので、すぐに外回りにでた。決して伊勢谷と顔を合わせづらいわけじゃない。

三件目の訪問を終えて一息ついたとき、鞄《かばん》の中のスマホが震えた。慌てて取りだす。相手先を確認して、心臓の動きが一気に速くなった。

「は、はい。宮崎です」

『後藤です。早い方がいいと思ったので。今会議が終わりましてね、この前お話しした通りお願いしたいと思います』

「あ、ありがとうございます！」

『いえいえ。契約書の件で一度きちんと話をさせて下さい』

「わかりました。上司と伺いたいと思いますので、後藤さんのご都合のいい日程を教えていただけますか。今出先ですので、再度ご連絡させてください」

震える指で鞄《かばん》を探り、メモ帳とペンを取りだす。すぐ横の建物にメモ帳を押し当て、電話越しに告げられた日程をメモした。

「ありがとうございます。では、折り返しご連絡いたしますので。失礼します」

電話を切ってもまだドキドキしていた。初めて契約を取れたとき以上に、気分が高揚しているのがわかる。震えている指で、会社の電話番号を押す。

及川課長と話すときには少し落ちついてはいたけれど、声はいつもより上ずっていた。

「か、課長、例の駅ビル。決まりました」

『そうか、よくやった』

電話の向こうで、課長の笑う顔が見えた気がした。

「契約書の件で先方と話をしたいので、課長に一緒に行って頂きたいのですが」

先方の都合のいい日を告げ、課長の予定を伺う。

「では、金曜日の午後ということで、先方に伝えておきます。よろしくお願いします」

すぐに後藤さんに連絡して、アポイントを取り、ようやく人心地ついた。

顔がにやけるのを止められない。最後の営業先を回り、会社に戻って来ても、その笑みは消えなかった。

営業部のドアを開けると同時に歓声が響いた。

「すごいじゃないか！　さすがは宮崎！」

「でかしたぞ！」

その場にいた全員が拍手をして迎えてくれた。同じ光景を何度も見た。でもそのとき拍手が向けられているのは、ずっとわたしじゃなかった。そう、入社以来、ずっと。

急《せ》かされるようにして課長の前にでると、及川課長が右手を差しだした。

「改めて、よくやったな、宮崎」

「あ、ありがとうございます！」

その手を握り返すと、周りでまた拍手が沸きおこる。

みんなからお祝いの言葉をもらい、興奮冷めやらぬまま自分の席に着いた。鞄から書類をだしながら、ふと壁に貼ってある成績表を見る。今回の契約のおおよその売り上げと、今の伊勢谷との差をざっと計算して、思わずにんまりした。確実にヤツの成績を超える。入社してから六年間、ずっと抜けなかった伊勢谷を、初めて超えることができるのだ。

ウキウキしながら書類を整理し、企画室の担当者のところに向かう。打ち合わせをして、金曜日までに追加資料の作成を頼んで戻って来ると、外回りを終えた伊勢谷が机に座っていた。

「よお。駅ビルの契約決まったんだって。おめでとう」

わたしの顔を見て、伊勢谷が笑う。悔しさや嫉妬《しっと》といったマイナスの感情は、まったく見られない。心から喜んでいるように見えた。

わたしの競争心は常に空回りしている。それでも、うれしいものはうれしいのだ。

「ありがとう」

満面の笑みを返すと、伊勢谷が珍しそうな顔でわたしを見た。いつもほぼ仏頂面なので、驚いているようだ。わたしだって笑うときは笑うのだよ、伊勢谷くん。

彼の表情に満足して、今日の報告書を作成する。

定時を過ぎ、最後のメールチェックを終えてパソコンの電源を切ると、伊勢谷がこっちを見て言った。

「今日はもう終わりか？　飲みに行こうぜ、祝杯を上げてやるよ」

「え、いいわよ。別に」

「遠慮すんなよ、奢《おご》ってやるから」

伊勢谷はそう言うと、さっさと帰り支度を始めた。

「ほら、行くぞ」

急《せ》き立てるようにわたしを促《うなが》す。

「なんでよ!?」

「いいから。たまにはつきあえよ」

半ば強引に連れだされ、引きずられるようにして駅近くの居酒屋に入った。伊勢谷と、しかも二人だけで。

テーブルにつくなり、これまた急かされるまま、ビールを頼み、料理を選ぶ。

「新規契約、おめでとう」

すぐに来たビールで乾杯する。久しぶりに飲むそれはやけに苦く、思わず顔をしかめた。そんなわたしを伊勢谷が笑う。いつの間にかテーブルいっぱいに料理の皿が並び、ついでに伊勢谷がチューハイを追加注文した。

「こっちの方が飲みやすいだろ」

そう言って、新しいグラスをわたしの前に置き、まだ半分以上残っているビールジョッキを自分の方に引き寄せた。

「え、飲むわよ」

「無理すんな。酒はおいしく飲んだ方がいいだろ」

そう言われたら遠慮はしない。料理を食べながら、少し甘くてさっぱりとしたチューハイをぐいぐい飲んだ。

「本当によくやったな。宮崎」

わたしの残したビールを飲みつつ、伊勢谷が言った。

「まあね。この契約に懸《か》けてるところがあったし」

少しふわふわして来た頭で答える。普段お酒を飲まないからか、あまり飲んでないのに回りが早い。

「そうなのか？」

「そりゃそうよ、ようやくあんたを追い越せるチャンスなんだから！　やっとわたしの実力を認めさせることができるわ」

伊勢谷がまた目を見開いた。今日はヤツの驚く顔を何度も見ている。本当に幸せな気分だ。まあ、余計なことを言ったような気もしないではないが。

「宮崎は優秀だと思ってるよ、ずっと」

腑《ふ》に落ちない顔のまま伊勢谷が言う。

「わたしが優秀なのはわかってるわよっ」

女性営業マンの中では一番だし、営業成績は常に上位だ。だけど、いつもあと一歩というところで伊勢谷に及ばない。だからこそ余計に悔しいのだ。

それなのに、伊勢谷本人にはそう思われていたなんて。

「わたしはね、ずっと優等生で通ってたの。ずーーっと一番だった」

「島で？」

伊勢谷が笑う。ちょっと嫌味《いやみ》っぽい気もしないでもないけど、気にしない。今日は気分がいいから。

「そう。だから両親が東京にだしてくれたのよ。東京の方がいい大学も仕事もあるからって。わたしは、実家を手伝ってもよかったのに」

そうだ。もともとは、自分で上京を望んだわけじゃない。小さいころからずっと民宿を経営する両親を見て来て、自分も大きくなったらお手伝いをするのだと漠然と思っていた。なのに今、わたしは遠く離れた東京で、ライバルとこうしてお酒を飲んでいる。

「手伝うって、実家はなにか商売を？」

「民宿よ。目の前が海水浴場でね。近くには温泉もあるから、一年中そこそこ観光客が来るの。ゆったりした時間が流れる素敵なところ。今は兄夫婦が手伝っていて、両親はそれほど苦労はしてないと思う」

二杯目のチューハイに口をつけ、枝豆を摘《つま》む。

「星がね、すごくきれいに見えるの。夜の砂浜で星を見上げると吸い込まれそうになって、自分が星のひとつになったみたいに思えて。嫌なことも、星を見ると忘れられる」

「嫌なことがあったのか？　昨日、行ったんだろ。プラネタリウム」

飲んでいるくせに、頭の回転の速い男だ。

「嫌なことじゃないわ、多分。……実家から荷物が届いたの。時々送ってくれるのよ、食料品とかを。ありがたいし、手紙もうれしい。でもね、母はいつも頑張ってねって言うの。奈央はお母さんの誇りだから頑張って、って」

グラスの中の細かい泡をじっと見つめた。母の期待は、時々すごく重い。

「わたしは、ずっと頑張ってる」

「そうだな」

伊勢谷がまた静かに言った。顔を上げると、妙に優しい目でわたしを見ている。

「これでやっと、仕事で一番になれたってお母さんに言えるの」

「ああ」

伊勢谷が、自分のグラスをわたしのグラスに合わせた。

「だから、こうして祝ってる」

言葉と同時にカチンと小さな音が鳴る。

「おめでとう」

「……ありがと」

胸の中がじんわりと温かくなって来た。それがお酒のせいなのか、なぜか優しい伊勢谷のせいなのか、考えようとしてもうまく頭が回らない。でも、久しぶりにとても気分がよくて、ずっと天敵だと思っていた伊勢谷とも、やけに楽しく会話ができた。

お腹がいっぱいになったところで店をでて、駅までの道を歩きながら空を見上げた。冬の澄んだ夜空に、いくつかの星が見える。

「ほら、オリオン座がある。左の少し赤く見えるのがベテルギウス」

わたしが空を指差すと、伊勢谷もそれを見上げた。

「シリウス、リゲル、プロキオン。並んでるふたご星はカストルとポルックス」

「へえ。よく知ってるなあ」

次々と歌うように指差せば、感心した口調で伊勢谷がつぶやく。

「だって、すごく好きなのよ」

「みたいだな」

ご機嫌なわたしを見て、伊勢谷が笑う。

駅で伊勢谷と別れ、いい気分のまま電車に乗った。最寄り駅でおりて、自宅までの道を歩く。

なんだか今日は、色々個人的なことを話してしまった気がする。酔っ払いの戯言《ざれごと》だと、聞き流してくれていればいいけど。

また空を見上げると、さっき伊勢谷と見たオリオン座がキラキラと輝いていた。

5

金曜日まで、割《さ》ける時間をすべて資料作りに費やした。契約が決まったからといって、手は抜けない。契約書を交《か》わしていない以上、まだ確約ではないのだ。

伊勢谷はあの翌日からも、特に変わったところはなかった。少し話し過ぎたかと心配だったので、拍子抜けしたくらいだ。

それでも、面と向かって顔を合わせるのはなんだか照れくさくて、忙しさを理由に、伊勢谷と接触しないよう、ひたすら資料作成や打ち合わせを繰り返した。

「奈央！　すごく大きい契約が取れたんだって？　総務でも大騒ぎよ。おめでとう！」

総務に顔をだしたとき、一美に呼び止められた。飛びついて来る一美を反射的に受け止める。

「まだ本契約前よ」

一応そう答えると、一美が笑った。

「なに言ってるの。決まったも同然でしょ？」

「まあね」

「やったじゃない。さすがは奈央だわ。友人として鼻が高いわよ」

「大げさね」

たしなめつつも、改めてうれしさが込み上げて来る。

「近いうちにお祝いしてあげるから、今度こそ予定空けといてよ」

お誘いを立て続けに断ったことを、やっぱり根に持っているようだ。

「わかったわ」

苦笑いで一美に頷き、足取りも軽く仕事に戻った。

約束の日時に、及川課長とともに私鉄の本社に向かう。打ち合わせは終始和《なご》やかに進んだ。タイプの似ている課長と後藤さんは、やはり気が合うようだ。

仮契約書の細かい部分を話し合い、資料を渡した。

「では、本契約書ができ次第ご連絡します。これ以降のやりとりは新たな担当者が行いますので、次回ご紹介させてください」

「こちらこそよろしくお願いいたします」

後藤さんと次の約束をし、外にでたときにはすっかり日が暮れていた。会社に戻る道すがら、及川課長が言った。

「時期は多少ずれるとはいえ、この規模は一人では厳しいな。補佐をつけて、エリアごとに担当者を増やすか」

「そう、ですね」

自分が取った仕事だから、できれば一人でやりたい。でも現実問題として、この規模のものになると一人では無理だ。

「次回の打ち合わせまでに決めておく。――そんな顔するなよ。もちろん、指揮は宮崎が執《と》るんだよ」

「はい」

わたしの気持ちが顔にでていたのか、及川課長がこっちを見て笑った。

「今年はいい正月を迎えられそうだな。おっとその前にクリスマスか。プレゼントは奮発してもらえよ」

「くれる人なんていませんよ」

もう何年も、プレゼントなんてもらったことはないのだ。悲しいけれど。

「今年はわからんよ」

及川課長が暢気《のんき》に言う。

そうだったらいいのに――なんて思うけど、くれる相手の心当たりはまったくない。でも、プレゼントはもらえなくても、気分のいい年末にはなりそうだ。早くもクリスマスカラーであふれた街を歩きながら、ぼんやりとそう考えた。

本契約を終えると、動きは一気に加速した。社内で何度か打ち合わせを行い、役割分担を決めた。不本意なのは、そこに伊勢谷が入っていることだ。彼は優秀だし、大きな仕事をいくつもこなしている経験者だ。だから課長の判断で、伊勢谷をわたしの補佐につけたことも、まあ仕方がない。指揮を執《と》っているのはわたしなのだと、自分自身を納得させた。

伊勢谷と一緒に打ち合わせに出掛けたのは、十一月の最後の日だった。資料の入った袋を抱え、伊勢谷と並んで歩くのは少し変な気分だ。

「緊張してるのか?」

私鉄本社ビルの前で伊勢谷が言った。顔を見ると、いつものように笑っている。

「そんなわけないでしょ」

伊勢谷の腕を軽く叩き、ビルの中に入る。受付をすませてから会議室で待っていると、しばらくして後藤さんときれいな女性が入って来た。わたしより年上だと思われるその人は、見るからにおしゃれで華やかな人だった。鮮《あざ》やかな青のスーツがよく似合っている。自分の地味な黒いスーツがなんだかみすぼらしく見える気がした。

彼女はわたしをちらっと見たあと、伊勢谷を見て大きく目を見開いた。そしてにっこりと笑いかける。途端、ものすごく嫌な気持ちになってしまったのはどうしてだろう。

「こちら、雑貨部門担当の谷本《たにもと》です。今後は彼女が担当します」

後藤さんがそう言うと、谷本さんは名刺を二枚取りだして伊勢谷の前に置いた。

「谷本晶子《あきこ》です。よろしくお願いします」

またムカついたけど、顔にださないように気をつける。

「宮崎奈央です。こちらは補佐の伊勢谷。よろしくお願いします」

「伊勢谷昴です」

わたしが先に名刺をだし、それに伊勢谷が続く。彼女はまた少しだけわたしを見て、そして伊勢谷に笑いかけた。

あからさまだ。が、たいていの女性は伊勢谷を見るとこんな感じになる。だからこういう反応は見慣れているのだけれど、まさか仕事中に直面するとは思わなかった。

後藤さんは挨拶《あいさつ》しただけで席を外し、三人での打ち合わせが始まった。けれど、その間中、谷本さんはわたしを無視して伊勢谷にばかり目を向けていた。あまりにもあからさまで、怒りを通り越して笑えたくらいだ。

「ねえ、伊勢谷さん。こちらの資料はどれかしら?」

谷本さんが伊勢谷に何度目かの質問をした。さすがの伊勢谷も苦笑する。

「わたしは補佐ですので、宮崎から説明させて頂きます」

彼がさらりと答えると、谷本さんの顔から笑みが消えた。わたしをちらりと見たその視線は冷たい。そんな目で見られても困ってしまう。

「資料はこちらです」

わたしが書類を差しだすと、彼女は無言のまま受け取った。

緊張感漂《ただよ》う打ち合わせがようやく終わり、ホッとして立ち上がる。資料をまとめていると、谷本さんが近くに来た。香水の人工的な香りがふわりと舞う。

「伊勢谷さんはこのお仕事長いの？」

きれいにネイルを施《ほどこ》した指が、伊勢谷の腕に触れた。

「まだ六年目ですよ」

そう答えながら、伊勢谷がさりげなくからだを引く。

「そう。長いおつきあいになるといいわね」

谷本さんはまたにっこりと笑い、会議室を出て行った。なんだか、いつもと違う部分がどっと疲れた気がする。

「すごい美人だったな」

ビルをでた後、伊勢谷が楽しそうに言った。なんだかんだ言って、役得と思っているだろう。わたしからしたら彼女の印象はすこぶる悪いが、伊勢谷が言うようにものすごく美人だったのは確かだ。

「ヘラヘラしちゃって」

頭の中でつぶやいたはずの言葉が口からでていた。

「妬《や》いてるのか？」

「は？　なに言っちゃってんの。バカじゃないの⁉」

さっさと歩きだすと、後ろから伊勢谷が笑いながらついて来た。

まったくもう腹が立つ。この先ずっとこんな感じなのだろうか。嫌な予感を覚え、心と同じくらい重たい鞄《かばん》を抱えて会社に戻った。

自分はもしかして運が悪いんだろうかと思ったのは、それから数日後のことだった。外回りにでようとしたところで、及川課長に呼ばれた。珍しく困惑した表情に、思わず首を傾げる。

「なんでしょうか」

問いかけても、難しい顔をしたままあらぬ方向を見ていた。呼び止めたくせに、どうしたんだろう。もう一度口を開こうとしたとき、課長が顔をこっちに向けた。

「さっき、向こうの担当者から電話があってな。メインの担当を伊勢谷にしろと言って来た」

言葉の意味を理解するのに時間がかかった。頭の中に谷本さんの冷めた顔が浮かぶ。心臓が大きくドキンと鳴って、寒気が這い上がって来た。

「わたしに、なにかミスがあったのでしょうか？」

震えないように声を抑えて問うと、課長がため息をつく。

「いや。それはない。が、こちらの立場を考えるとな。ここで機嫌を損ねられたら困るのも確かだ」

頭の中にまた彼女の笑顔が浮かぶ。それを受け止める伊勢谷の顔も。仕事の実力ではなく、そういうことで？　ここでもまた、わたしは……

「リーダーがきみであることに変わりはない。向こうの対応だけは伊勢谷に任せて、進めてくれ」

「は、い」

すでに伊勢谷とは情報を共有しているので、これからの進行に支障はない。だけど、取引先本社の対応を自分ができないなんて。自分で掴んだ仕事が、手からこぼれ落ちていく気がした。

やや放心状態のまま外回りにでる。そんなときに限って、会社の近くで伊勢谷とばったり出会ってしまった。今、一番見たくない顔なのに。

「よお、お疲れ」

腹が立つくらい爽《さわ》やかに笑い、手を上げる伊勢谷。憎らしいくらい優秀で、そして、見惚《みと》れるくらいいい男で。

どうして、わたしはこの男と同じ場所にいるのだろう？

考えれば考えるほど、自分がむなしくなって来た。

まだ笑っている伊勢谷をじっと見つめていたら、彼の表情が変わった。

「どうした？」

「――別に」

探るような瞳から顔を逸らし、伊勢谷の横を足早にすり抜けた。

口を開いたら、涙が一緒にでそうだなんて、絶対に知られたくない。

定時過ぎまで外回りをし、伊勢谷がいないときを見計らって自分の席に戻る。さっさと支度をして、帰りの電車に乗り込んだ。

アパートまでの道を歩きながら空を見上げた。曇り空には星ひとつ見えない。

鞄《かばん》につけていた北斗七星を握ると、胸がぎゅっと痛くなった。込み上げて来た涙が目に溜《た》まるのがわかる。

大声で叫びたくなるのを堪《こら》え、深く息を吸って白い息を吐く。十二月の冷たい空気が、滲《にじ》んだ目に沁《し》みた。

「大丈夫。まだ、全部失ったわけではない――」

自分自身に言い聞かせるようにつぶやき、曇天《どんてん》の空を見上げた。


翌日、課長から話を聞いたらしい伊勢谷が、珍しく笑顔のないままわたしのところに来た。

「打ち合わせは、一緒に行くんだろ？」

伊勢谷がわたしを見下ろして言った。立場が変わっても、これがわたしの仕事であることは変わらない。

「ええ」

頷くと、伊勢谷がホッと息を吐いたように見えた。

早速先方から呼びだされたのは、その数日後。会議室に入ると、いつかの香水の匂いがして、案の定谷本さんが満面の笑みで伊勢谷を迎えた。

打ち合わせのテーブルに向かうと、楕円形のテーブルの上座《かみざ》に座った谷本さんが、その隣に伊勢谷を座らせた。

なんで隣同士に座るんだ⁉　あんぐりと開けそうになった口を無理やり閉じ、とりあえず伊勢谷の反対側の隣に座る。なんだこれ？　と思っても口にはだせない。

打ち合わせも思った通り、谷本さんの独壇場《どくだんじょう》だった。話しているのは彼女と伊勢谷だけで、わたしはうつむいたまま資料をじっと見ているしかない。

一時間程度の打ち合わせ中、谷本さんは一度もわたしを見ることも、話しかけることもなかった。伊勢谷はもう補佐ではない。だから彼女も堂々と伊勢谷と話す。

この屈辱《くつじょく》に、頭の中はどす黒い怒りが渦巻いていた。それでも笑顔を保ち、伊勢谷がこちらに振って来る質問に答える。ようやく終わったときには、身も心もぐったりだった。

伊勢谷はといえば、相変わらず涼しい顔をしている。打ち合わせ中も始終愛想を振りまくように笑っていたっけ。

あんな美人とあんなに近くにいたから？　やっぱりヘラヘラしてるじゃない――

こんなことまで考えてしまう自分にも、腹が立つ。

この契約を取りつけるまで、どれだけ苦労したか。その結果がこれだなんて。

うんざりしたまま、伊勢谷とビルの前で別れ、別の営業先に移動した。いつも通り仕事をこなし、わたしにしては珍しく、課長に連絡を入れてそのまま直帰した。もちろん伊勢谷に会いたくないからだ。

少し時間の早い電車に乗り、途中のコンビニでお弁当を買って家に帰った。時間は早くても、料理をする気にはなれなかった。

帰り着いた部屋は真っ暗で冷え込んでいて、いっそう落ち込んだ。コートとスーツをハンガーにかけ、部屋着に着替える。

お風呂のお湯をためる間にお弁当を温め、いざ食べようとお箸《はし》を持ったところで、鞄《かばん》の中のスマートフォンが鳴った。

「誰よ、こんな時間に」

鞄を探ってスマホを取りだす。画面には〝実家〟の文字があって、思わずため息がでてしまった。一呼吸置いて、タップする。

「もしもし？」

『あ、奈央？　もう帰っとる？』

アクセントの強い、のんびりとした母の声が聞こえた。

「うん。今、ご飯食べようとしてた」

コンビニのお弁当を見下ろし、母に見られなくてよかったと思う。手作りの食事が当たり前の母からしたら、コンビニ弁当は邪道なのだ。

「なに？　どうしたん？」

平日に電話が来るのは珍しく、問いかけると母が申し訳なさそうにごめんねと言った。

『もう十二月やろ？　今年のお正月はどうするんかと思って。哲弥と千香も会いたがってるで』

母の言葉に、部屋の壁にかけてあるカレンダーを見た。ああもうそんな時期か。去年は確か仕事が忙しくて帰れなかったんだ。今年は、どうなるのか。

「んー。まだわからへんなあ。今ちょっと忙しくて……。無理やったら、哲と千香のクリスマスプレゼントを買《こ》うて送るわ」

『そう。やっぱり東京の会社は忙しいんやなあ。からだに気いつけて頑張りや』

「……うん」

言われなくても、わたしだって頑張ってる。

口からでそうになった言葉を呑み込み、当たり障《さわ》りのない話をして電話を切った。

母から電話があったら、言おうと思っていた。会社で一番になったのよって。でも、もう言えない。成績が上がるのかどうかも、もうわからない。もし上がったとしても、こんなことになってしまっては心から喜べない。頑張ってって言われたから、ずっと頑張って来た。でも、頑張っても頑張っても、どうしようもないことがある。

冷めたお弁当を食べ、ぬるくなったお風呂に熱いお湯を足しながら浸《つ》かる。ため息と一緒に、自然と涙がでた。


翌朝、少し腫《は》れぼったい顔を化粧で誤魔化《ごまか》して出社した。伊勢谷にまじまじと見られた気がしたけれど、さっと顔を逸らした。

落ち込んでいても仕事は山積みなので、伊勢谷なんかにかまってはいられない。幸いなことに今日は金曜日だ。なんとか気力で乗り切って、週末はひたすら寝て過ごそう。

いつものように資料やサンプルを沢山持って外回りにでた。クリスマスがさらに近づき、イルミネーションはいっそう華やかになっている。自分自身は縁がないけれど、この時期の雑貨販売には気合を入れなければならない。各店舗を回って、売り上げと在庫をチェックする。ついでに、買い物をする客の様子を見た。目をキラキラとさせて商品を選んでいる姿を見ると、やはりうれしくなる。

少しだけ元気をもらい、夕方に会社に戻った。昨日の分の報告書も併《あわ》せて作成していると、伊勢谷も戻って来た。

「お疲れ」

「お疲れ様」

どっかりと椅子に座り、大きく伸びをしてからキーボードを叩く。正直彼とは今、あんまり顔を合わせたくないので、忙しいふりをして――実際忙しいが――、ひたすらパソコンに集中した。

定時のチャイムが鳴ったけれど、まだ終わりそうにない。今日も残業かとため息をついたとき、伊勢谷が手を止めてこっちを向いた。

「宮崎、明日ひま？」

「え？　なんで？」

びっくりして答える。

「だから、ひまか？」

伊勢谷が繰り返し聞く。その顔には、いつもと同じ笑みが浮かんでいる。

「ひ、ひまだけど」

だって寝て過ごす予定なんだもん。

「じゃあ、出掛けようぜ。十時に迎えに行くから、準備しとけよ」

「だから、なんで？」

思わぬ誘いに目を見開く。出会ってこの方、伊勢谷にこんな誘われ方をしたことはない。

「まああ、ちょっとつきあえよ」

伊勢谷はそう言うと、また明日なとわたしの肩を叩き、帰ってしまった。残されたわたしは一人呆然としたまま、パソコンの画面をじっと見つめる。

肩には伊勢谷の手の感触が、頭の中にはヤツの顔が——しばらく消えなかった。

6

土曜日だというのに、朝七時に目が覚めてしまった。それもこれも伊勢谷が悪い。えいっとお布団から起き上がったけれど、部屋の寒さに思わずもう一度布団をかぶった。

「やだ、寒いっ！」

手を伸ばして、布団のすぐ横にあるこたつのスイッチを入れ、温まるのを待つ。冬場は窓のシャッターを閉めているので、外の様子がまったくわからない。

昨日の夜に見た天気予報は晴れだった。洗濯はすでにタイマー機能で終了している。

「洗濯物、どうしよう」

室内干しは好きじゃない。でも出掛けるのだとしたら、時間次第ではだしっぱなしにできない。果たして伊勢谷が本当に来るのか。そしてどこに行くのか、なにをするのか。何時に帰って来るのか。さっぱりわからない。そもそも、あの誘いは本気なのだろうか。

布団の中でからだを丸めると、心臓がやけにドキドキしているのを感じた。ぎゅっと目を閉じれば伊勢谷の顔が浮かんで来て、そのスピードが速まる。

「なんでこんなことになったのかしら」

ドキドキをうち消すようにそうつぶやき、今度こそ起き上がって温まったこたつに脚を入れた。こたつの上に置いていたリモコンでテレビをつけ、見慣れない朝の番組をぼんやりと見る。三十分ほどどうだうだして、脚が十分に温まったところで、こたつからでて窓のシャッターを開けた。明るい陽射しが一気に入り込んで来る。

空は見事な冬晴れだ。わたしの部屋はアパートの二階にあって、ベランダが南側の道路に面しているから日当たりはいい。

「んー、いい天気」

冷たい空気を吸い込むと、ようやくぱっちりと目が覚めた。換気のために少しだけ窓を開ける。せっかくの快晴だ。伊勢谷だって本当に来るかどうかわからないしと、ベランダにでて外に洗濯物を干すことにした。

干し終えたころには、きのうの誘いは現実ではなかったのではないか、なんて思い始めていた。パンを焼いて熱い紅茶を入れる。ゆっくりとテレビを見ていたら、スマホが鳴った。画面に〝伊勢谷昴〟の名前があって、思わず落としそうになる。

「も、もしもし？」

慌てて応答する。

『お、起きてたか』

電話の向こうから、伊勢谷の楽しそうな声が聞こえた。

『なあ、お前んちどこだっけ？』

「……は？」

『家だよ、家。住所教えろ』

「なんで？」

とっさに答えると、電話の向こうが一瞬シンとなった。

『……お前なあ』

伊勢谷の呆れた声とため息が聞こえる。

『迎えに行くっつったろうが。早く言えよ』

本気だったのか！　衝撃を感じつつ、自宅の住所を告げる。

『じゃあ準備しとけよ』

そう言うなり、ぷつりと電話が切れた。

え!?　やっぱり本当だったの!?　うまく頭が回らない。

休日に伊勢谷と出掛けるなんてことも初めてで、切れたスマホをしばらくの間呆然と見下ろす。

消えたはずのドキドキが、また戻って来たのを感じた。

はたとテレビに意識をうつすと、最初に見ていた番組はとっくに終わっている。時間は、もうすぐ九時になろうとしていた。

「やだ、そろそろ用意しなきゃ」

よいしょっと立ち上がり、食べ終わった食器を洗う。クローゼットを開けながら、自分のワードローブを思い出す。

どこに行くのかわからないし、しかも男性と二人で出掛けるなんて、久しぶりすぎてなにを着ればいいのかわからない。これが本物のデートだったらそれなりに気合を入れた格好になるのだろうけど……

一瞬そんなことを考えてしまった頭を、ぶんぶん横に振る。なにを考えてるの、相手は伊勢谷なのよっ。

結局、散々悩んで、セーターとジーンズという普通の格好になった。それでも、どちらもこの冬に買った新品だ。

顔を洗って髪を梳《と》かし、化粧をする。姿見の前に立って、頭から脚まで何度も見てみる。いつものスーツとは違って、かなりカジュアルだ。普段はまとめている髪を下ろしているので、さらに幼く見える気がした。

「変じゃないわよね」

からだをひねって後ろも確かめる。仕事とは関係なくても、伊勢谷につけ込まれるようなことはしたくない。

何度も見直してから、ショルダーバッグをクローゼットから取り出し、通勤用の鞄《かばん》の中身を入れ替える。

準備が終わったところで、念のためにベランダに干していた洗濯物を取り込むことにした。帰りが夜遅くなる可能性だってあるのだ。窓を開けると冷たい空気が入って来て、ぶるっと震える。洗濯物はまだ湿っているけれど、一時間は干せたのでよしとしよう。ハンガーに手をかけたとき、クラクションが聞こえた。

手を止めて下の道路を見ると、黒いハッチバックの車が停まっていた。その運転席からおりて来た男が、わたしを見上げニヤリと笑う。

「準備してろって言っただろ」

チェックのシャツにジーンズ姿。わたしと同じようにラフな格好をした伊勢谷だった。

「まだ早いわよ！」

慌てて洗濯物を取り込みながら答える。

「時間通りだ」

伊勢谷の声を背中で聞きつつ部屋に入り、室内に洗濯物を干す。時計をちらりと見ると、十時ぴったりだった。

急いで鏡で全身を再チェックして、ダウンジャケットを羽織り、ショルダーバッグを斜めがけにする。

玄関の鍵をかけ、階段をおりて道に回ると、車にもたれていた伊勢谷がからだを起こした。会社では見たことのないラフな服装と、下ろした髪。なのに、伊勢谷はいつもと変わらず、憎らしいくらい男前だった。

「遅いぞ」

伊勢谷は笑い、わたしにあごで助手席に乗るように促《うなが》した。彼が運転席に乗り込んだあと助手席のドアを開けると、中はとても温かかった。

「ダウン、脱いで後ろに置いとけよ。暑くなるから」

後部座席には伊勢谷のダウンが無造作に置かれていたので、その横に自分のダウンを置く。改めて助手席に座り、シートベルトを締めたところで伊勢谷が車を発進させた。

「どこに行くの？」

「んー。とりあえず買い物」

「とりあえずってなによ。なんでわたしがあんたの買い物につきあわなきゃいけないの？」

「まあまあ」

まっすぐ前を見たまま、伊勢谷が落ちつけとばかりに言った。

いったいどこに向かっているのか、車は都心とは逆の方向に走っていた。密集していた建物の数が徐々に減り、広いバイパス沿いに大型店舗が立ち並んでいる。遠くにあった山並みが近づいて来る。車の窓から広々とした空を見上げた。こんな場所なら、星が沢山見えるかもしれない。

車に乗ること一時間と少し。伊勢谷は巨大なアウトレットパークに車を停めた。ドアを開けておりると、冷たい空気に触れて身震いする。後部座席に置いていたダウンを羽織り、伊勢谷のあとに続く。

休日ということもあって、中はかなりの人で賑わっていた。入り口にある案内板を確認した伊勢谷が、わたしを振り返って手を差しだす。

「はぐれないように、つなぐか？」

「は？」

思わずあんぐりと口を開けたわたしを見て、伊勢谷が冗談だと笑った。

先に歩きだした伊勢谷を小走りで追いかけ隣に並ぶ。さっきの言葉にドキドキしたけれど、初めてのアウトレットにテンションが上がり、すぐに忘れてしまった。キョロキョロしてしまうわたしを見て、伊勢谷が笑う。

「買い物があるならつきあってやるぞ。あとでな」

自分優先かよ、と毒づきながら、ふと思い出す。

「ここっておもちゃ屋さんとかあるのかしら？」

「さあな。そんな趣味があるのか？」

「違うわよ！　甥《おい》と姪《めい》にクリスマスプレゼントを買いたいの！」

毎年プレゼントは年末の帰省時に渡すか、宅配便で送っているのだが、今年はまだ用意していなかった。

伊勢谷が、ああと納得したように頷いた。

「探せばなんかあるだろ。時間があるんだし、ゆっくり回ろうぜ」

そうね。これだけ沢山お店があるんだし、なにかあるはず。

目当てのスポーツ用品店で靴を選ぶ伊勢谷につきあい、ちょうど昼時になったので、レストランエリアで昼食を食べた。そのあと、アウトレットを一回りして、甥にはブロックのおもちゃ、姪には可愛いワンピースとぬいぐるみ、義姉《あね》に有名雑貨店のエプロンと花の香りのするハンドクリームを買った。

段々と増えていく荷物は、すべて伊勢谷が持ってくれた。

「自分で持つから」

何度も言ったけれど、

「買い物の邪魔になるだろ」

と返され、結局伊勢谷の手に収まる。まるで本物の恋人のような扱いに、またドキドキしてしまったことは、伊勢谷には内緒だ。

自分用にと通勤に使えそうな洋服を数着と靴を買い、すべての買い物が終わったころにはすでに夕方近くになっていた。

「すごい量だな」

大きな荷物を車のトランクに積み込みながら、伊勢谷がつぶやく。

「いいじゃない、ついでなんだし。アウトレットって来たことがなかったけど、結構楽しいのね」

ご機嫌でそう言うと、伊勢谷がやれやれと肩を回した。

ここ数日のモヤモヤしていた気分が消え、今はすっきりとしていた。買い物にこんな効果があるなんて知らなかった。朝は乗り気じゃなかったのに、こんなに変わってしまう自分に驚く。

車に乗り込んだ伊勢谷がナビを操作し始めた。

「もう帰る？」

「いや。もうちょっとつきあえよ。次がメインだ」

買い物がメインじゃなかったのか。

動きだした車の中から、徐々に薄暗くなる空を見上げた。

「甥《おい》と姪《めい》って、お兄さんの？」

運転をしながら伊勢谷が言った。そう言えば、実家の話を少しだけしたんだっけ。

「そうよ。甥の哲弥が七歳で、姪の千香が五歳なの」

「お兄さんっていくつ？」

「三十二」

「随分《ずいぶん》早く結婚したんだな」

「そうだね。伊勢谷は？　兄弟いるの？」

そう言えば、わたしは伊勢谷の個人的なことをなにも知らない。

「うちは男ばっかりの三兄弟。俺は二番目で、みんなまだ独身。兄貴は家をでてるけど、俺と弟は実家暮らしだ」

「へえ」

伊勢谷に兄弟がいることも、東京が地元なのも初めて知った。もう何年も同じ職場で働いているのに、わたしは伊勢谷のことをなにも知らない。いや、知ろうとも思っていなかった。だって、彼はライバルだったから。仕事に関係ない情報は必要なかったのだ。

「宮崎は、そういうの考えたことあるか？」

「そういうのって？」

運転をする伊勢谷の方を見て尋ねると、ヤツがちらっとこっちを見た。そしてすぐに視線を前に戻し、つぶやくように言った。

「結婚、とか」

「相手もいないのに考えるわけないじゃない」

本当にそんなこと、考えたこともない。仕事をしていい成績を上げることに一生懸命で、それはこれからも、まだまだ続きそうだ。

「結婚するなら、伊勢谷の方がきっと先よ」

「どうして？」

「だって、モテるじゃない」

今は恋人がいなくても、伊勢谷ならその気になればすぐにでもできるだろう。あっという間に結婚しそうだ。

「本命にモテなきゃ意味がないだろーが」

少し不機嫌な声でヤツが言った。なんだ、本命がいるんじゃない。それなのに休日にわたしといるなんて。もしかして叶《かな》わぬ恋でもしているんだろうか。そう考えたら、なんだかちょっとモヤッとした。

「そりゃ残念ね」

心のこもってない声で言うと、伊勢谷がフンと鼻を鳴らした。

外はすでに暗い。どこをどう走っているのかわからないけれど、確実に山が近づいている。いや、もう山に囲まれている。

ここはどの辺りだろうと思っていると車が止まった。どうやら駐車場のようだ。

「おりるぞ」

伊勢谷が言い、続いて車からおりる。駐車場には他にも沢山車が停まっているようだった。けど、暗くてよくわからない。

「宮崎、こっち」

少し離れたところから伊勢谷に声をかけられ、小走りで近寄ると、わずかな段差に脚を取られた。

「うわっ」

思わず前につんのめりそうになったところに、伊勢谷の腕が伸びて来た。

「暗いから気をつけろよ。ほら」

と、なぜか手をつないで歩きだした。

「ちょ、ちょっと！　一人で歩けるってば」

引き抜こうとした手は、伊勢谷の力でさえぎられる。初めて触れた伊勢谷の手は、当たり前だけど大きい。その温かさに、柄にもなくドキドキしてしまった。

なんの会話もないまま、高台のようなところに連れていかれた。そこには想像以上に沢山の人がいて、みんな空を見ている。

「見ろよ、宮崎」

伊勢谷が空を見上げた。つられて見るとそこには……

「わぁ……」

都内では見たことのない、星空があった。地元ほどではないけれど、普段見ている夜空とは比べられないほど、細かな星々が漆黒《しっこく》の空に散らばっている。

「すごい……」

つぶやいた言葉は白い息に変わり、満天の星空に吸い込まれて消えた。首が痛くなるくらい空を見渡し、そこにあるすべての星を目に入れる。

ふわりと浮かび上がりそうになる感覚。揺れそうになったからだを、つないでいる手をぎゅっと握ることで支える。

「大丈夫か？」

わたしを見下ろす伊勢谷と目が合った。

「平気。すごくきれいで、びっくりした」

そう答えると、彼はほっとしたような顔で頷いた。

「ここまで来ると、こんなにきれいに見えるもんなんだな」

白い息を吐きながら、伊勢谷もまた空を見上げた。

「やっと本物の星を見せられた」

静かな声で伊勢谷が言い、わたしを見下ろす。

「ずっと休部状態で悪かったな。今日から再開しようか、〝星を見る会〟。だから、一人で行くなよ」

プラネタリウムのことを言っているのだとわかるまで、数秒かかった。

「どうして？」

わたしが尋ねると、伊勢谷が苦笑する。

「宮崎が元気をだすには、これが一番だろ？」

そう言ってまた、星を見上げる。同じように視線を向けると、うっとりするほど美しい星々がすぐ目の前にあった。

「あんな風になったけど、あの仕事は宮崎が契約した仕事だ。それは絶対に変わらない」

伊勢谷の低い声が、頭の上から降って来るように聞こえた。ずっとつなぎっぱなしの手がぎゅっと握られる。

ああ、そうか。

わたしをなぐさめるために、今日連れだしてくれたんだ。

事実、買い物でストレス発散をして、この空に癒《い》やされている。その間、仕事のことも谷本さんのことも思い出さなかった。

時々吹いて来る冷たい風が当たっても、伊勢谷の手の温かさは消えることはない。わたしの心まで、じんわりと温かくなったような気がした。

キラキラ輝く星の中に〝すばる〟があった。

伊勢谷の星は、いくつもの星のかたまりだ。伊勢谷は気づいているのだろうか。自分がどんなに光り輝いているのか。

星空を見ている伊勢谷の顔をそっと見た。

どうしよう。わたし、どうしよう——

いまさらながら、気がついてしまった。

認めたくない。絶対に認めたくないけど……わたし、伊勢谷が好きだ。

きっと、最初から。初めて彼と会ったとき。そして、初めて星を見せてくれたとき。さりげない優しさや、屈託のない笑顔を向けられたとき。ずっとずっと、好きだった。

何年経ってもわたしの星好きを覚えていてくれたこと、仕事で落ち込んだわたしをなぐさめてくれたことも、本当はすごくうれしかった。

恋に落ちるなんて簡単なこと。わたしは彼に、最初からひかれていた。

でも、いまさらそんなこと言えない。わたしにとって伊勢谷はライバルだ。伊勢谷には負けたくない。なにもかも。

違う意味で胸が苦しくなり、違う意味で気持ちが落ち込んだ。

その後も、二人で黙ったまま星を見ていた。本格的にからだが冷え始めたころ、ようやくそこを離れた。近くで温かいお蕎麦《そば》を食べ、家まで送ってもらったときには、すっかり夜遅くなっていた。

車から降ろした大量の荷物を、伊勢谷が部屋まで運んでくれると言ったけれど、丁重に断った。わたしはまだ、自分の気持ちについていけていない。これ以上、伊勢谷の近くに居続けるのがなんだか怖かった。

「じゃあ、また月曜日に」

運転席の窓を開けて伊勢谷が言った。

「今日はありがとう。色々」

わたしがそう言うと、伊勢谷が笑う。

走りだした車を、角を曲がるまで見送った。アパートに入る前に見上げた空には、小さな星がふたつほど見えた。

さっきまでの光景が幻のようだ。でも、わたしの手には、まだ伊勢谷の温もりが残っている。

7

本物の星を目に焼きつけた翌々日から、年末進行もあって怒涛《どとう》の忙しさに突入した。クリスマスセール、お正月と行事が続いているため、動かす物品の数は半端なく多い。納品はずっと前に終わっていても、問題は間際になって色々と起こるものなのだ。

自分が通常担当している仕事に加えて、例の駅ビル事業もやることが沢山あった。対外的なことは伊勢谷になっても、様々な資料の作成や発注はわたしの仕事だ。

「本当、伊勢谷さんは話がわかる方だから、打ち合わせも楽しいわね」

「恐れ入ります」

谷本さんの笑い声が嫌でも耳に残る。

あれから何度も打ち合わせはあって、谷本さんは相変わらず伊勢谷しか目に入っていない態度を貫いている。こんなやり方でよく仕事ができるなと思いながら、イライラする気持ちをひたすら隠してやり過ごしていた。

毎日夕方近くまで外を回り、戻って来てからはパソコンに向かって書類を作る。家には寝に帰るだけの日々が続いた。宅配便をだす暇もないので、部屋の隅にはあの日に買ったクリスマスプレゼントがそのまま置いてある。

伊勢谷との関係にも変わりはない。好きだと自覚しても、それを前面にだせる性格でもない。ずっと可愛くない、負けず嫌いで意地っ張りな自分を通して来たのに、いまさらどんな顔をすればいいのかもわからなかった。それに、好きだと思っても、やっぱり伊勢谷には負けたくない。それとこれとは別問題なのだ。

しかも、今は自分が契約した仕事がほぼ伊勢谷のものになっている。その現実を受け入れることは、伊勢谷への好意を自覚することよりも難しかった。

そんな生活をしているうちに、クリスマスが目前に迫って来た。

今日も、疲れた指でパソコンのキーボードを打ちながら発注書を作る。歩き疲れて脚は痛いし、書類を見すぎて目も痛いし肩も重い。あと一週間もすれば正月休みだと自分を奮い立たせ、姿勢を正してモニターに向き直った。

そのとき、ふわりと花の香りがした。思わず顔をしかめたくなる、人工的な匂い。まさかと振り向いたと同時に、隣の席に伊勢谷がドカっと座った。その匂いは、間違いなく伊勢谷から香っていた。

「お疲れ」

わずかに顔をひきつらせながらわたしが言うと、伊勢谷が疲れたように手を上げた。

「谷本さんのところに行って来たの？」

続けてそう言うと、伊勢谷がこっちを向いた。本当に驚いているような顔だ。

「ああ、急に呼ばれて」

「……そう」

わたしにはなんの連絡もなかった。当然か。今は伊勢谷が担当なのだ。

またパソコンに向き直り、続きを打つ。こっちがあちこち痛いのを我慢して書類を作っているのに、そんな香水の匂いが移るほど近くでなにをして来たんだか。

イライラしないようにと思っても、怒りが沸々と湧いて来る。キーボードに手を叩きつけそうになるのを堪《こら》え、モニターから目を離さずに言った。

「谷本さん、なにか問題でもあったの？」

「いや、特に。顔を見たかっただけだってさ。面白い人だよな」

「――あ、そう」

なによ、それ!! と叫びだしたい気持ちを抑える。呼ぶ方も呼ぶ方なら、ほいほい行っちゃう伊勢谷もどうなの？ そりゃ、クライアントから連絡が来れば、行かざるを得ないことは理解できる。そんな当然のこと、わかってはいるのに、怒りの感情しか出て来ない。

仕事を取られたことの怒りと、谷本さんへの嫉妬《しっと》が混在している。

だいたい、伊勢谷はどう思ってるのだろうか？ あんな風に毎回毎回迫られて、今日みたいに用もないのに呼びだされて。確かに、谷本さんは美人だ。一流企業で大きなプロジェクトの担当ということは仕事もできるのだろう。

もしかしたら伊勢谷も、まんざらではないと思っているのかもしれない。あんなきれいな人からあからさまに口説《くど》かれて、嫌がる男なんていないはず。

それに伊勢谷もあの容姿だ。女性には慣れているだろう。この前だって、わたしを簡単に誘ったり、触れたり、手をつないだり。伊勢谷にとっては自然なことなのかもしれない。

そう考えると胸が痛くなった。そんな資格はないのに。伊勢谷がなにをしようと、誰を好きになろうと、ただの同僚のわたしにどうこう言う権利はない。

ムカムカしながら書類を仕上げ、課長の印鑑をもらって席に戻って来たとき、伊勢谷が顔をこっちに向けた。

「宮崎、二十四日の夜、空けとけよ」

「は？」

なにを言ってるんだと目を見開くと、伊勢谷がニヤリと笑った。

「プラネタリウム、行こうぜ。再始動するって言っただろ」

十二月二十四日。クリスマスイブの夜に、伊勢谷と二人で？

急にドキドキと動きだした心臓を意識した。さっきまでムカついていたのに。そんな自分がなんだか情けない。でも、心のどこかで喜んでいる自分がいる。

頭の中に無数の星を思い描いた。また見られる。また、伊勢谷と見られる。

密かにイブの夜を楽しみにしていたけれど、その前に嫌な仕事が待っていた。どうして、クリスマスイブにこの人の顔を見なければいけないのか。

伊勢谷とともに訪れた私鉄本社ビルの会議室に、いつもより一・五倍は華やかな谷本さんが現れたとき、つくづくそう思った。

どこに売っているのか逆に知りたくなるほどの、真っ赤なスーツ。長い髪はゆるく巻かれ、ファンデーションの色もいつもよりも白い気がする。真っ赤な唇はツヤツヤと光っていて、あんたはなんちゅー姿で仕事してんだ⁉　と心の中で思いっきり叫ぶ。

打ち合わせはこれまでと変わらず、わたしが準備したもろもろの書類を見て、二人が話し合う。結果的にはわたしが考えたことがどんどん決まっていくので、本来ならば喜ばしい状況なのだけど、当然ながらまったく喜べない。

うんざりしている内心をひた隠し、二時間ほどの苦行に耐え、ようやく話し合いが終わった。時間はすでに定時に近い。でも、あと少しでまた星が見られる。期待を胸に書類をまとめて立ち上がったとき、谷本さんの声が聞こえた。

「今日はこれから予定があるの？　もちろん、お仕事のあとってことだけど」

当然、その言葉が向けられた先は伊勢谷だ。

「仕事はこれで終わりですが、そのあとはすみません。先約がありまして」

伊勢谷がにっこりと笑って答えた。

「あら、デートかしら？」

クリスマスだし、と言葉を続けて、谷本さんの目が少しだけ細められる。

「あー、ちょっとした社外活動です」

伊勢谷がわたしをチラッと見て、そう返す。

「まあ。宮崎さん、なあにそれ？」

谷本さんが目ざとくわたしを見た。彼女から名前を呼ばれたのは初めてのような気がする。笑っているように見えるけれど、目は笑っていない。さっさと言いなさいよとばかりに、眼光鋭くわたしを見ていた。

「あ、あの。伊勢谷と天文部なるものを作りまして、その活動の一環で、今夜プラネタリウムに行くんです」

そう答えると、彼女の目がきらんと光った気がした。

「まあ素敵。ぜひわたしもご一緒したいわ。星を見るのは大好きなの。ね、いいでしょ？」

谷本さんがわたしを見た。こんなにがっつり視線があったのって初めてじゃないかと思うくらい、彼女はわたしをジッと見つめている。真っ黒なアイラインを引いた目力《めぢから》は強力で、とてもノーと言える雰囲気ではない。

同じようなことが、過去にもあった気がした。

「え、は、はい。ぜひ」

圧倒されたまま答えると、谷本さんがにっこりと微笑んだ。隣にいた伊勢谷が軽く息を吐いたのが聞こえたけれど、こんな状態で断ることなんてヤツにもできなかったはずだ。

谷本さんに言われるまま、会社に直帰の連絡を入れ、三人で外にでた。駅に向かう間、わたしの前を歩く二人の姿を後ろからぼんやりと見ていた。

谷本さんは、伊勢谷の隣にぴったりと寄り添うように歩いている。わたしよりも背の高い彼女は、伊勢谷と並ぶとちょうどよいバランスだ。

クリスマスで賑《にぎ》わう街。傍《はた》から見れば、美男美女のお似合いのカップルだ。電車に乗る間も、駅をおりて歩く間も、その様子は変わりなく、自分がただのお邪魔虫のようだった。

これが今夜ずっと続くのだろうか。そう思うと、いまさらながら承諾の返事をした自分が腹立たしい。

クリスマスイブということもあって、プラネタリウムはいつもよりも混んでいた。伊勢谷はネットで二人分の予約を取っていたので、急遽《きゅうきょ》一人分を追加する。

当然ながら三人が並んで座れる席はない。

「じゃあ、わたしと伊勢谷さんはこっちね」

座席を確認するなり、谷本さんがそう言った。彼女はわたしが言葉を発する前に、さっさと伊勢谷の腕を引っ張る。しかたなくわたしは一人、空《あ》いた端の席に座った。座る直前に、伊勢谷に寄り添って笑っている谷本さんの顔が見えて、胸がぎゅっと痛くなる。

「なによ、これ」

上映が始まっても、ちっとも楽しくなかった。満天の星が目の前にあるのに、伊勢谷ばかりが気になる。同じ場所にいて同じ星を見ているはずなのに、どうしてこんなに遠いんだろう。

クリスマスに合わせて、プログラムの内容もかなりロマンティックだった。神話の恋人たちが星座に変わり、夜空に輝く。

こっそりと周りを見ると、見事にカップルしかいない。顔を寄せあって星を見上げる幸せそうな恋人たち。そんな中で、わたしはなにをしているのだろう。

そして、考えるのはただ一つ。伊勢谷は今、谷本さんの隣でどういう気持ちで星を見ているのだろうかということ。こんな風に醜《みにく》い嫉妬《しっと》をするくらいなら、どうしてあのとき、谷本さんの申し出を受け入れるという過去と同じ過《あやま》ちを繰り返してしまったんだろう。

伊勢谷と最初に星を見たときもそうだった。伊勢谷と二人で過ごせるはずの時間を、わたしが台無しにしたんだ。

どこかで、伊勢谷が谷本さんを振り切って、わたしといてくれるんじゃないかと思っていた。わたしってバカだ。

瞬《また》く星々が涙で滲《にじ》んだ。何度も瞬《まばた》きをして涙と伊勢谷のことを振り払い、美しく輝く星を見つめたけれど、その日の星空は結局最後までわたしを癒《い》やしてはくれなかった。

四十五分の上映が終わり、室内が徐々に明るくなる。目をゆっくりと慣らして立ち上がると、谷本さんが伊勢谷の手を借りて立ち上がるのが見えた。

大勢の人と一緒に建物の外へ吐きだされる。

「大丈夫か？」

ボーっとしていたわたしに、いつの間にか隣に来ていた伊勢谷が言った。

「うん。いつものごとく感動しちゃって」

多分赤くなっている目を誤魔化《ごまか》すため、伊勢谷にはそう答えた。内容なんてなにも覚えていない。

こんなことは初めてだった。

「お腹が空いたわね。食事にでも行きましょうよ」

谷本さんが伊勢谷に言った。その流れも予想できた。もう好きにしてくれ。ここでわたしは帰ろう。

「いいですね」

伊勢谷は答えると、わたしの腕を取った。

「宮崎も行くぞ」

「えっ」

思わず目を見開く。目の端に、同じような顔をした谷本さんが見えた。

戸惑うわたしをよそに、伊勢谷は腕をはなさないまま歩きだす。行きとは違い、今度は三人で並んで繁華街を歩く。颯爽《さっそう》と歩く美男美女の隣に、腕をとられ、半ば引っ張られるように歩くわたし。

傍《はた》から見ればクリスマスイブに似合わない異様な光景かもしれない。

しばらく歩いて、落ちついた雰囲気のダイニングバーに入った。谷本さんと向かい合うように、伊勢谷のとなりに座る。お料理もお酒もおしゃれでおいしそうだったけれど、ほとんど手をつけなかった。

谷本さんは伊勢谷しか見ていない。伊勢谷も楽しそうにさっきのプラネタリウムの話をし、彼女もそれに頷いたりしている。

伊勢谷がどう思ってここにいるのか、さっぱりわからない。もうこれ以上、わたしの癒《い》やしを汚さないで欲しい。あの美しい星たちの話をしないで欲しい。

なにもかもがうんざりするくらい嫌だった。もう本気で帰りたい。そう思ったとき、伊勢谷のスマートフォンが鳴った。

「ちょっと失礼します」

伊勢谷が席を立って店の外にでた。途端に谷本さんから笑顔が消える。残されたわたしたちが話すことなど、なにもない。静まり返ったそこに、静かに流れる音楽だけが響いていた。

「宮崎さん」

しばらくして、谷本さんが口を開いた。顔を上げると、彼女が不機嫌そうな顔をしてこちらを見ている。

「もう少し気を使ってもらえないかしら」

「どういうことでしょう」

「そんなこともわからないなんて、重症ね」

嘲《あざけ》るように口をゆがめた彼女の顔は、美しさとは程遠かった。言わんとすることはわかっている。伊勢谷と二人きりにしろと、彼女は言っているのだ。

「もうお帰りなさいって言ってるの。あなたみたいな地味な子が一緒じゃ、彼も可哀想《かわいそう》でしょ」

言われた瞬間、頭の中が真っ白になった。

「今回の契約、取り消されたくなかったら、言うことを聞いた方がいいわよ」

谷本さんがそう言った瞬間、わたしの中のなにかがぷつっと切れた。

「そういうお仕事のやり方、どうかと思いますけど？」

作り笑顔が消えたわたしの顔を、若干驚いた顔で谷本さんが見た。

「どういう意味かしら」

「おわかりにならないなんて、そちらこそ重症ですね」

言われた言葉をそのまま言い返す。

「なんですって!?」

あからさまに眉を吊り上げた谷本さんを見て、フフンと笑ってしまった。

「そういうのって、パワーハラスメントって言うんですよ。ああ、セクハラとも言うかしら」

「はあ!?」

口をあんぐりと開けた彼女の顔がみるみる赤らむ。

「いつもそうやってお仕事をなさっているのだとしたら、少し考えた方がいいんじゃないでしょうか。コンプライアンスって言葉、ご存知ですか？　近ごろ、そういうことには厳しくなってきましたし」

「なんて失礼なの！」

「あら。本当のことですよ」

「伊勢谷くんがどう思ってるか、わからないじゃない！」

どんどん谷本さんの声が大きくなる。徐々に周りがざわつく。そこに、タイミングがいいのか悪いのか、伊勢谷が戻って来た。

「どうした？」

異様な雰囲気のわたしたちを見て、彼は珍しく戸惑っているようだ。

「伊勢谷くん！　彼女ったら酷《ひど》いのっ」

さっきまでの怒りの形相《ぎょうそう》を消して、目に涙を浮かべた谷本さんがわざとらしく伊勢谷に抱きついた。驚いた伊勢谷が彼女を受け止める。

「宮崎がなにか失礼を？」

からだを離して伊勢谷が彼女に問う。谷本さんは質問には答えず、ただ酷い酷いと繰り返して、さらに伊勢谷に抱きつこうとする。その様子が、本当に馬鹿馬鹿しく見えた。

「宮崎」

伊勢谷がわたしを見た。その胸に寄り添うようにした谷本さんが、わたしを見て、そして笑った。

目の前で抱きあっている二人に、なにもかもがどうでもよくなった。伊勢谷はなにも言っていないけれど、その目はわたしを責めているように思える。

帰ろうとしたわたしを引き留めたのは伊勢谷なのに。わたしが邪魔なら、最初からそう言えばいいのに――


伊勢谷がどう思っているのかなんて、わたしには全然わからない。

「どうぞ、ご自由に」

わたしはそれだけ言うと、コートと鞄《かばん》を持って店をでた。

「宮崎！」

店をでたところで、後ろから腕を掴まれた。声を聞くまでもなく、伊勢谷だとわかる。伊勢谷の手を、わたしのからだは覚えている。触れられることがうれしかったと、今になって気がついた。

振り返ると、少し怒ったような、困ったような、そんな顔をした伊勢谷がいた。

「なにがあった？」

「別に。大丈夫よ、責任は取るわ」

腕を引き抜き、そのまま彼に背を向け駅まで走った。伊勢谷は追いかけて来なかった。

お金を払っていないことに気がついたのは電車に乗ってからだったけれど、もうそれすらどうでもいい。

こんなことをして、ただですむとは思っていない。最低限、担当から外されることは間違いないだろう。辞表の書き方も調べた方がいいかしら。

悲しいけれど涙もでない。ぼんやりした頭で、家までの道を歩いた。

見上げたクリスマスイブの夜空には、星ひとつ見えなかった。

8

なにも食べていないのに、お腹も空かない。ほとんど眠れなかったけれど、眠くもない。今日がクリスマスの朝だと考えれば、笑えるほど最悪のクリスマスだ。

ぼんやりしたまま満員電車に乗り、会社へ向かう。

昨夜、スマホに伊勢谷からの着信やメールが何度かあったけれど、着信は無視して、メールは読まずに削除した。あのあと、二人がどうなったかなんて知りたくもない。

伊勢谷の今日の予定は予《あらかじ》め知っている。営業先に直行してから出社するはずだ。決着は、ヤツと顔を合わせる前に着いているだろう。

いつもより少しだけ早く出社すると、課長がすでに来ていた。鞄とコートを自分の席に置いて、まっすぐに課長のもとに行く。顔を上げた課長が、残念そうな表情でわたしを見た。向こうの行動も早かったようだ。

「あっちで話すか」

課長は立ち上がると、隣のミーティングルームを指差した。中に入っても、お互い椅子には座らなかった。

「きみの口から聞こう」

課長が窓のブラインドを開けながら言った。途端に明るい光が差し込む。そういえば、太陽も星のひとつだと、ふと思った。自ら輝く星は、それぞれが小さな太陽のようなもの。伊勢谷は自ら輝ける恒星、わたしは太陽の光でしか輝けないちいさな惑星のひとつに過ぎない。

課長に促《うなが》され、昨日のこと、それよりも遡《さかのぼ》って前のこともぽつぽつと話した。冷静に話していくにつれて、自分が嫉妬《しっと》に狂っただただの女だということを自覚する。

「申し訳ありませんでした」

「まあ、気持ちはわからんでもないがな」

頭を下げたわたしに課長がぽつりと言った。顔を上げると、やっぱり残念そうな顔をしている。

「契約を続ける代わりに、きみを正式に外すように言われた」

予想はしていた。それでも、自分の呼吸が止まったような気がする。初めて取れた大きな仕事を、今、完璧に失ったことは確かだった。

「辞表を、だした方がいいですか？」

課長が少し驚いたように目を開く。

「まさか。そんな必要はないよ」

まだ、大丈夫――

息を吸い、そっと吐く。そんなわたしを見て、及川課長が静かに言った。

「少し早いが、休暇を取るか？」

首ではないけれど、謹慎《きんしん》ということか。

年末年始の休みが始まるまで、まだ数日ある。沢山残っている有給を消化するいい機会とも考えられる。

とはいえ、謹慎に有給は使えるのかしら?

伊勢谷の顔すら見たくない今、休みをとることはかえっていい考えかもしれない。

頷くと、課長がホッと息を吐いた。

「少しゆっくりして、年明けからまた頑張ってくれ」

なにを頑張ればいいのか、今はなにも考えられない。ただ黙って頷き、課長に年末年始の引き継ぎをしてから家に帰った。

アパートの部屋に入り、電気をつけなくても明るい部屋の中にぼんやりとたたずむ。休暇をもらったところで、この心の中にぽっかりと空《あ》いた穴は埋まりそうにない。

とりあえずスーツを脱ぎ、こたつに入ってテレビをぼんやり見つめた。内容もなにも頭に入って来ないまま、気がつけばお昼を過ぎていた。

ふと、部屋の隅にまとめて置いてある買い物袋が目に入った。わたしをなぐさめるために、伊勢谷が連れて行ってくれたアウトレットで買ったもの。クリスマス当日だというのに、結局まだ送っていないプレゼントだ。

そうか。送れないなら、持って行けばいいんだ。そう思い立ったらあとは早かった。こたつをでて旅行鞄《かばん》を引っ張りだし、実家に電話をかけた。

「もしもし、お母さん？」

『奈央？　どうしたん？』

母の声を聞きながら、クローゼットから着替えを取り出す。

「急なんやけど、今日から休みになったん。だから帰ろうと思って」

『ええ？　今から？』

母が驚いて言った。そりゃあそうだろう。帰らないと思っていた娘が、急遽《きゅうきょ》帰ると言っているのだ。しかも、世間の仕事納めよりもかなり前に。

『そうなん。みんな喜ぶわ。気いつけて帰って来るんよ』

それでも、不安な気配すら感じさせずそう答えた。いつもは少し重く感じてしまう母の声に、今日は安堵を覚える。

「じゃあ、着く時間がわかったらまた電話する」

電話を切り、荷造りをする。どうせ向こうに着替えはあるし、洗濯もするから荷物は最低限でいいだろう。一番かさばったのはおもちゃだけど、なんとか一人で持てるくらいの量だ。

家をでる前に及川課長に連絡した。しばらく実家に帰ることと、念のためにと実家の住所と電話番号を告げると、ゆっくりしてこいと言われた。

戸締りをして、大きな鞄《かばん》を引きずるように駅に向かった。

東京駅に着き、先に新幹線のチケットを買った。帰省ラッシュにはまだ時期が早いからか、席は空《あ》いている。お土産《みやげ》を買うために構内を回り、最近売り切れ必至な人気の菓子店を見つけた。タイミングがよかったのか、今はそんなに並んでいない。新しいもの好きな我が家のみんなには喜ばれそうだ。その他にもいくつか見繕《みつくろ》う。荷物はさらに増えたけれど、テンションが上がっているせいか、意外と気にならなかった。

すっかり食欲も戻っていたので、駅弁を買って新幹線に乗り込む。席に座り駅弁を食べると、眠気が襲って来たため、ダウンを頭からかぶった。目を閉じると伊勢谷の顔が浮かぶ。胸がぎゅっと痛くなったけれど——いつの間にか、眠っていた。

いつもなら長く感じていた乗車時間も、あっという間に過ぎる。新幹線をおりるとすっかり夜になっていた。次の在来線に乗るために荷物を持ち直す。大きな荷物を持って何度も乗り換えるのは疲れるけれど、着実に実家が近づいていると思うと頑張れるから不思議だ。

ターミナル駅でおりて高速バスのチケットを買い、実家に到着時間の連絡をした。何年か前に橋ができ、本州とつながったことで便利になった。バスの本数も沢山あるし、船ほど天候に影響されない。

東京をでて、何時間経っただろう。外はとっくに真っ暗だ。高速バス乗り場の待合室で座った途端、仕事とは違う疲れがどっとからだにのしかかって来た。一刻も早く家に帰りたい。こんな風に思ったのは初めてかもしれない。

バスでは、一時間半の乗車中をほとんどウトウトして過ごした。半ばフラフラしながらバスをおりると、兄が迎えに来てくれていた。

「よお。お疲れ」

手を上げて兄が言った。身内が言うのもどうかと思うけれど、兄は伊勢谷とはまた違うタイプのイケメンだ。そしてその飄々《ひょうひょう》とした顔は昔から変わらない。

「ごめんね。遅くなって」

「ええって。遠かったやろ」

わたしの大荷物の大半を兄が持ち、駐車場にとめていたワンボックスの後ろに積み込んだ。助手席に乗り込み車内の時計を見ると、二十二時を過ぎていた。

「子どもらもさっきまで起きてたけどな、待ちくたびれて寝てもうたよ」

エンジンをかけ、車が動きだす。

「あら、無駄に夜更《よふ》かしさせてしまったね」

「ええよ。もう冬休みやから」

兄が笑う。

「そっちはどうや？」

さりげなく探りを入れられているのはわかった。母から頼まれたのだろうけど、まさかクライアントと揉めて、謹慎《きんしん》中とは言えない。

「うん、まあぼちぼちよ」

言葉を濁《にご》すようにそう答える。

「そうか。まあしばらくのんびりし。正月明けまでおるんやろ？」

兄はそれ以上なにも言わなかった。

車を少し走らせると、海沿いの道にでる。そのまま島の形をなぞるように、道路が続いている。バスのターミナルから十五分ほどの場所に実家はある。木造の二階建ての母屋《おもや》と、同じく木造の年季の入った民宿が渡り廊下でつながっている。目の前は海水浴場。観光地や温泉もあり、リゾートホテルも充実しているけれど、我が家もそれなりに繁盛している。

実家の駐車場に車が停まると、玄関から母が出て来た。

「お帰り、奈央」

「ただいま。……お腹空いたわ」

母の顔を見たら、自分でも気づかない間に張りつめていた緊張感がぷつりと切れたようだ。新幹線の中で駅弁を食べて以来、なにも食べていないことを急に思い出した。

「なんやの、帰って来て早々」

母が呆れながら笑う。大きな荷物を兄に任せ、家に入ると今度は義姉《あね》が笑顔で出迎えてくれた。

「お帰り、奈央ちゃん」

「義姉《ねえ》さん。急にごめんね」

「なに言うてんの。自分の家やん」

早く早くと急《せ》かされ、居間に入ると、父がこたつに入ったまま手を振った。

「お帰り、奈央。寒かったやろ」

早速ダウンを脱いでこたつに入る。実家は人数が多い分、こたつも大きい。

「今ご飯持って来るから」

義姉がそう言い、母と台所に消えた。

「おい、奈央。荷物は全部上に上げとけばええか？」

廊下から兄が顔を覗かせる。自分の周りが一気に賑《にぎ》やかになったことに、なんだかうれしくなった。

「あ、待って。お土産《みやげ》があるの」

こたつからでて、お菓子の入った紙袋を取り上げ、残りを兄に運んでもらった。ありがたいことに、わたしの部屋はまだそのまま残っている。

こたつに戻ると、温かな料理が並べられていた。

「残り物ばっかりでごめんね」

「ううん、十分よ。ありがとう」

運んでくれた義姉に礼を言い、久しぶりに実家のご飯を食べた。お茶を淹《い》れた母が目の前に座ったところで、一旦お箸《はし》を置いてお土産を渡す。

「あーっ、これこの前テレビで見たヤツ!!」

義姉がうれしそうな声で言った。予想通り高評価でうれしい。子どもたちの分を残してお菓子を食べながら雑談をする。みんなが気を使って会話してくれているのがわかって、少しだけ胸が痛かった。

その後、母が用意してくれたお風呂に入り、自分の部屋に引き上げたときにはすでに零時を回っていた。

「お布団、干してあるからね」

部屋まで布団を持って来てくれた義姉《あね》が言った。

「ごめんね。急に帰って来て。あ、そうだ」

思い出して、鞄《かばん》の中から義姉へのプレゼントを取り出す。

「これ、義姉さんにクリスマスプレゼント。子どもらには明日渡すから」

「えー、いいのに。いつもごめんね。ありがとう」

義姉はプレゼントの包みを受け取ると、開けていい？　と聞いた。頷くと、ぺりぺりと包みをはがす。取り出したエプロンを広げて顔をほころばせる。

「わー可愛いっ。やっぱり奈央ちゃんセンスええわぁ」

ハンドクリームも手に塗って、香りを楽しんでくれた。

「じゃあ、おやすみ。朝はゆっくり寝てて」

「どうもありがとう」

部屋を出て行く義姉に礼を言い、布団を敷いた。荷物を整理しながら、ふと思い出して自分のスマホを見る。着信履歴はなにもない。伊勢谷からの連絡もピタリと止んだようだ。なにもかも拒否したくせに、寂しいとも思ってしまう自分が情けない。

部屋着の上にさらに服を着て、ダウンを羽織ってマフラーをぐるぐる巻いた。そっと部屋をでて階段をおりる。音を立てないように玄関の扉を開けて、道を渡って砂浜におりた。

海の上に点々と船の明かりが見えた。そして、空には降って来そうだと錯覚するくらい、まばゆい星たちが数多《あまた》輝いている。

「きれい……」

吹いて来る海風に顔が凍りそうになる。それでも、ぐっと顔を上げて空を見上げた。海風に洗われた澄んだ夜空。プラネタリウムとはやっぱり違う。伊勢谷が連れて行ってくれた、あの空とも違う。泣きたくなるほど美しい、わたしだけの満天の空だ。

無意識に星座を辿ってあの星を探す。オリオン座の三ツ星を辿って見つけた、赤いアルデバラン。そしてそこからさらに西、他とは違う輝きを見せる小さな星の集まりがプレアデス星団。日本名は——

「すばる」

伊勢谷は今ごろ、どうしているのだろう。あんなことをして、そしてさっさと逃げだしたわたしを軽蔑しているだろうか。

わたしは意地っ張りで、可愛い女じゃない。だから男性にとっては、自分の気持ちに忠実な谷本さんの方が、よほど素直で可愛く思うはず。そして伊勢谷と対等な立場にいて、気持ちをストレートにぶつけることのできる彼女が、わたしは本当は羨《うらや》ましかった。

そう、今ならわかる。わたしは初めて出会ったときから、伊勢谷が好きだった。だから、誰よりも輝く彼の隣で、負けないくらい、彼につり合うくらいの輝く星になりたかった。

やっと追いついて、これでようやく肩を並べられると思ったのに——

「あーあ、わたしバカみたい」

吐きだした声は、波の音にかき消された。

いくら後悔しても、過去には戻れない。伊勢谷にどんなに呆れられても、自分の失態を消すことは不可能だ。

いまさら好きだと気づいても、この思いはもう届かない。

「バカみたい」

もう一度つぶやくと、涙があふれた。何度瞬《まばた》きをしても止まらない。胸がぎゅっと掴まれたように痛い。滲《にじ》んだ目の前に、自ら輝く美しい星たちがある。涙のせいでさらにきらびやかに見えた。

でも、いくら美しくても、この光は過去の光、過去の残像に過ぎない。わたしのこの思いも、いつか過去の残像になるのだろう。そしてそのうち、誰にも気づかれないまま、宇宙の闇に消えてなくなるのだ。

9

こっそりと部屋に戻ったときには、すでに空が白み始めていた。散々泣いたせいで目が痛い。冷え切ったからだで布団に入ると、自然に目が閉じ、そのままぐっすりと眠った。

クスクスと笑う声と波の音で、目が覚める。泣きすぎて張りついたまぶたをゆっくり開けると、かなり明るい。いつもと違う部屋の様子に一瞬ドキッとするけれど、実家にいることを思い出した。

顔を動かすと、部屋の扉が少し開いている。その隙間から、こっちを覗いている小さな影が二つ。

「今、何時？」

笑いを含んだ声をかけると、ドアが勢いよく開いて、哲弥と千香が転がり込んで来た。

「奈央ちゃん、おはよー！」

「もう九時やぞ！」

「ぐえっ」

布団の上から二人にダイブされた。

「うっ。お、重い……」

わたしのうめき声もお構いなしに、二人は布団の上で散々暴れた。このままでは圧死しちゃう。

こんなときは魔法の言葉だ。

「ク、クリスマスプレゼント」

二人の動きがピタリと止まった。ゆっくりと顔を覗き込んで来る大きな二組の目が、キラキラと光っている。

「なんて？」

「なに？」

「クリスマスプレゼント、そこにあるから……」

昨日部屋の片隅に置いたそれを指差すと、一瞬でからだの重みが消えた。クリスマスの偉大さを改めて感じながら、よいしょっと起き上がる。

部屋の片隅では、二人がそれぞれのプレゼントを手に持っていた。

「あけてええ？」

哲弥がこっちを見て言った。勝手にあけないところがこの子たちのいいところだ。

「ええよ」

あくびをしながらそう言うと、歓声とともに包みをはがす音が聞こえた。

そんなに長く寝ていないはずなのに、頭はすっきりしている。泣きすぎたせいで若干目の周りがひりひりと痛いけれど、すぐに消えるだろう。

伸びをしようとしたところで、開いたドアから義姉《あね》が顔をだした。

「あ、こら。やっぱりここにおった。邪魔したらあかんて言うたでしょ」

子どもたちを睨《にら》み、眉間にしわを寄せる。

「ごめんね、奈央ちゃん。起こしてもた？」

「ううん。ちょうど起きたとこやから」

掛け布団を半分にたたみ、首を回す。

「ママ、見てー」

はしゃいだ声に顔を向けると、千香がワンピースをからだに当ててくるりと回り、哲弥がブロックの箱を持ち上げているところだった。

「まあ。あんたら、ちゃんとお礼は言うたの？」

義姉がそう言うと、子どもたちがわたしを見てにこりと笑った。

「奈央ちゃん、ありがとう」

「どういたしまして」

義姉がプレゼントを抱えた子どもたちを連れて部屋を出て行った。はしゃぎ声が徐々に遠ざかり、静けさが戻って来る。

布団からでて、窓のカーテンを開けた。太陽が反射して、キラキラと光る海がまぶしい。窓を開けると、冷たい海風が入って来て空気が一掃される。潮の匂いがする澄んだ空気を吸い込み、大きく息を吐く。

荷物の中から服をだして着替え、ついでに、スマホもチェックした、会社からも伊勢谷からも連絡はない。けれど、一美から心配するメッセージが届いていた。一美にはことの成り行きをほとんど話していないので、いきなり休暇を取ったことに驚いたようだ。そりゃ驚くだろう。簡単な説明と実家に戻って来ていることを書いて送ると、ゆっくりしておいでと返って来た。

階下におりると人の気配がない。この時間、兄は会社、両親は民宿の方だろう。台所へ行けば、テーブルの上におにぎりの乗ったお皿が置かれていた。小さなメモに〝奈央へ〟と母の字で書いてある。ラップをはがして手に取り、一口かじった。

「おいしい」

勝手知ったる実家とばかりに、ポットのお湯でお茶を淹《い》れ、おにぎりのお皿と一緒に居間のこたつに運んだ。

ぼんやりとテレビを見ながらおにぎりを食べ、お茶を飲んで一息ついたところで、玄関の扉が開く音と、バタバタ走る足音が聞こえた。

居間のふすまがガラッと開き、子どもたちが顔をだす。

「奈央ちゃん、畑いこ！　じいちゃんとこ」

ふむ。どうやら父は畑にいるらしい。

「ちょっと待って」

食べ終わったお皿を流しに置いたりと片づけてから上着を着ると、すでに二人は玄関で靴をはいていた。

「早く早く」

「はいはい」

玄関をでて、子どもたちと手をつなぐ。外は寒かったけれど、子どもたちの手が暖かくて、そこからぽかぽかと温まった。

家の裏に回って少し歩くと、我が家の畑がある。家庭菜園よりも本格的で、民宿の料理も家のご飯も、大抵の野菜はここで育てているものだ。

「じーちゃん」

哲弥の声が聞こえたのか、ビニールハウスから父が出て来た。

「おお。奈央も来たんか。よう寝れたか」

「うん、おかげさまで」

躊躇《ちゅうちょ》なく土をいじる子どもたちを見ながら、昔の自分もそうだったと思い出した。兄と二人、一年中ここに収穫の手伝いに来たものだ。

父とともにハウスの野菜を収穫し、家に戻って母と昼食の準備をした。午後は子どもたちと昼寝をして、夕方の海を散歩する。穏やかでのんびりとした日常は、久しく忘れていたものだった。

「東京に、素敵な人はおらへんの？」

子どもたちと両親が寝静まったあと、義姉《あね》と二人でお酒を飲んだ。なにからそんな話になったのかわからないけど、今は仕事の話をされるよりもましだ。素敵な人と言われて、一番最初に伊勢谷の顔が浮かんでしまう。忘れていた痛みが胸をよぎる。

「素敵な人は沢山おるよ。個人的にと言われたら、微妙やけど」

小さなころから気心がしれている彼女にも、本当のことは言えない。曖昧《あいまい》に笑うと、義姉《あね》がふーんとつぶやいた。

「奈央ちゃんは頑張り屋やから、甘えさせてくれる人がええと思うわ」

「うんと年上ってこと？」

わたしの近くにいる年上の男性といえば、課長とか？　でも残念ながら彼は妻帯者だ。課長みたいなタイプなら、穏やかに過ごせるかもしれないけれど。

伊勢谷のことは好きだが、彼といると、いろんな意味で心が疲れてしまう。恋愛と結婚は違うというのは、そういうことなのかもしれない。

「年上やなくても、同い年でも年下でも、ちゃんと落ちついてしっかりした人よ。エリートサラリーマンは近くにおらんの？」

また、伊勢谷の顔が浮かぶ。一番近くて、一番遠い男。星と一緒で、すぐ手が届きそうなのに、本当は何光年も彼方《かなた》にある。

「わたしには無理やわ」

「まあ、東京のエリートは諦めてこっちに戻って来たら、お義母さんは安心するやろね」

新しい缶チューハイのプルトップを開けながら義姉が言った。思ってもみなかった言葉に驚く。

「お母さんが？　でも、東京におることを一番期待しているんはお母さんよ」

これまで散々かけられた期待の言葉は、うれしくもあり、苦しくもあった。

「親やって人間やもん。やっぱり寂しいよ。気持ちなんて変わっていくもん。最初は子どものためと思っていろいろやっても、そのうち、頑張るのは子ども自身やって気がつく。だから応援する。寂しいと思ってもそこは我慢。子どもの幸せを思わへん親はおらへんのよ」

義姉の言葉が胸に沁《し》み込んだ。

母の頑張っては、期待の言葉だけじゃなかったのかもしれない。ただ、わたしを応援するための言葉。それなのに、一人で勘違いして、一人でプレッシャーに変えていたのだ。

「奈央ちゃんはもうちょっと息抜きした方がええかもね。頑張りすぎるんやから。せめてここにいる間は、なんもせんとのんびりしい」

無言のまま頷き、残ったチューハイを飲み干した。

その後も義姉と他愛ない話をしてから、自分の部屋に戻った。東京の部屋とは違う、殺風景な部屋。でも、あちこちに家族のぬくもりを感じる。

戻って来た方がいいのだろうか。ぼんやりと思った。少なくともそうすれば、わたしの心は少し楽になる。いつか他の女性の隣を歩く、伊勢谷を見なくてすむのだから。

義姉の言葉に甘え、翌日も翌々日ものんびりと過ごした。わたしの突然の帰省を知った幼馴染《おさななじみ》らと遊んだり、近所のおばちゃんの井戸端会議に加わったり。

案の定、東京で働くなんてすごいねなんて言われて、ちょっと凹《へこ》んだりもしたけれど、普段よりも数倍笑い、数倍お喋《しゃべ》りした。

こっちに来てまだ数日なのに、すでに向こうでの自分がどんな風だったかすぐには思い出せないくらいだ。

昼間は大勢と楽しく過ごし、深夜は一人で海岸にでて、満天の星を見上げる。どうしても探してしまう伊勢谷の星は、いつ見てもキラキラと輝いていた。それに伊勢谷の笑顔が重なって、自然と涙が流れる。

さすがに朝寝坊するのも忍びなくなって来た十二月二十九日。六時には起きて、みんなと朝食を食べた。会社勤めの兄は今日から冬休みということで、まだ寝ているそうだ。

本当ならわたしも今日からが冬休みだ。昨夜、課長から年内の業務が無事に終わったと連絡をもらった。

『十分休んで、年明けからまた頑張ってくれよ』

最後につけ加えられた言葉に、まだ戻る場所があるんだと安心しつつ、それでも心は揺れていた。

辞めるのはきっと簡単だ。東京に出て来る人は大勢いて、東京を離れる人も大勢いる。今と同じ仕事はできないけれど、ここで生活をすることはできる。伊勢谷のことで心にぽっかりと開いた穴も、いつかは埋まるかもしれない。

「今日は夕方に新しいお客さんが来るから、市場まで買い物いこか」

食後のお茶を飲みつつ母が言った。民宿のすぐ近くには絶景の温泉があり、年末年始に泊まりに来るお客さんは多い。現に今も何組か宿泊している。温泉さまさまだ。

「わーい！」

子どもたちが声を上げ、早く行こうと立ち上がる。

「奈央も行くか？」

「うん」

母の問いかけに頷き、子どもたちと一緒に部屋をでて支度をした。玄関先で、義姉《あね》から兄の車の鍵を渡された。

「軽トラだとみんな乗れないから」

「ありがとう」

鍵を受け取り、兄のワンボックスに母と子どもたちとで乗り込む。海沿いの道を車を走らせ、港の近くに停めた。持って来た台車にクーラーボックスを乗せ、走って先にいく子どもたちのあとを追う。

市場の中には様々な商店が混在していて、一通りのものはここで揃えられる。母は慣れた様子で肉や魚を選び、台車の上に発泡スチロールの箱をかさねていく。子どもたちは顔見知りの店員にお菓子をもらっていた。

台車を押しながら母のあとをついて歩く。母の背中が小さくなったように感じ、長い時間離れていることに慣れてしまった自分に罪悪感を覚えた。

耳に馴染む土地の言葉、子どもたちのはしゃぐ声。慌《あわただ》しく動く人はほとんどなく、のんびりとした時間が流れているようだ。穏やかな風景は東京とはまったく違う。

嫌になってここを離れたわけじゃない。だから、帰って来るのもきっと簡単だ。でも、逃げてどうする、とも思う。散々親や兄たちに迷惑や心配をかけたくせに、失敗のひとつやふたつで、積み上げて来たキャリアを捨てるのか、とも。

「お母さん」

買い物を一通り終え、子どもたちとジュースを飲みながら休憩している母に声をかける。

「なに?」

「もし……もしもわたしが、こっちに戻って来たら、どう思う?」

緊張しつつそう言うと、母が少しだけ考えて、そして笑った。

「奈央が、幸せに暮らせるんやったらそれでええな。奈央の人生やもん。好きにしたらええ」

母の言葉が心に沁《し》みた。

買い物から戻り、義姉《あね》と一緒にお客さんが泊まる予定の部屋を掃除した。みんなで昼食をとり、野菜の収穫を手伝ってから、哲弥と千香を連れ、日課になりつつある散歩にでる。

家の前の砂浜におり、海岸を歩く。寒くても元気な子どもたちは、貝殻や流木を拾いながらどんどん先へ行く。海を眺めながら、そのあとをゆっくりと追いかけた。

砂を踏みしめる音と波の音が合わさり、耳に心地よく響く。だけど吹きつける海風は、首がすくむくらい冷たい。マフラーをぐるぐるに巻いていても、寒さが身に沁みた。

振り返ると、砂浜に点々とわたしたちの足跡だけが残っている。太陽もかなり傾き、家も遠くになってしまった。

「哲ー、千香ー。戻ろー」

まだまだはしゃいでいる二人に声をかけると、振り返り、こちらに走って来た。先に到着した哲弥がわたしの腕をぎゅっと掴み、こちらに向かって来る千香にやーいと声をかける。

「おれがいちばーん」

そりゃそうだろと思いながら、次いで腕の中に飛び込んで来た小さなからだを抱きとめる。

「千香、えらい！」

千香が顔を上げ、真っ赤なほっぺでにっこりと笑う。また走りだした哲弥の後ろ姿を見つつ、千香と手をつないで砂浜を引き返した。

「あたしもう走らへん」

「そうね、ゆっくりいこ」

夕方の真冬の海に、人影はない。水平線に目を凝《こ》らせば、何隻かの船が行き交《か》っているのが見えるけれど、砂浜を歩いているのはわたしたちだけだ。ここでは、海は決して珍しいものではなく、ただの日常。

時々強く吹いて来る海風が、結んでいない髪を吹き上げ、顔を覆う。手ぐしで申し訳程度に髪を整え、視界が開《ひら》けたとき、随分《ずいぶん》先を歩いていた哲弥が誰かと話しているのが見えた。目を凝らすとどうやら男性のようだ。一瞬兄かと思ったけれど、違う気がする。

「やだ、不審者かしら。千香、ちょっと早歩きするよ」

「えー。いややー」

渋る千香の手を引いて、砂に脚を取られながら、哲弥とその男から目を離さず足早に歩く。ただ、哲弥がおびえている様子はない。近所の人だろうかと歩みを進め、数十メートルまで近づいたとき、哲弥が振り返って手を振った。

「奈央ーっ」

その声に、男性が顔を上げた。離れていても、その端整な顔立ちがはっきりとわかる。ここにいるはずのない名前が頭に浮かび、まさかと思ったとき、男が片手を上げて、そして笑った。

思わず脚が止まったわたしの手を、今度は千香が引っ張る。それから哲弥が走って来て、同じように手を引っ張った。

「奈央のお客さんやって!」

二人に引っ張られ、ふらふらと歩くわたしに、その男性が近寄って来た。

「よお。いつ保育士に転職したんだ?　似合ってるけどな」

笑った伊勢谷は、今までとなにも変わらなかった。

10

「な、なんで、ここにいるの？」

それしか言葉が出て来ないわたしに、伊勢谷がまた笑う。

「お前が教えてくれたんじゃないか、民宿やってるって。久しぶりにのんびりした正月を過ごせそうだ」

困惑しているわたしに構うことなく、伊勢谷が波打ち際を歩きだした。そのあとを追うように、子どもたちが続く。

今、正月を過ごすって言った？　過ごす？

「え、ねえ！　ちょっと！」

振り返った伊勢谷のラフに流した髪が、海風にあおられる。

「もしかして、今日来るお客さんって伊勢谷なの？」

伊勢谷はわたしをじっと見つめたあと、いつもみたいにニヤリと笑った。

「しばらく、よろしくな」

言葉を失って立ち尽くすわたしに構うことなく、今度は伊勢谷が子どもたちと砂浜を歩きだした。

「ちょ、ちょっとっ」

慌ててそのあとを追いかける。伊勢谷は子どもたちとは初対面のはずなのに、楽しそうに話している。千香はちゃっかりと伊勢谷と手をつないで、うっとりした顔で見上げていた。さすがは伊勢谷。そのイケメンぶりは幼児にも通じるらしい。

ほぼ混乱状態のまま家の前まで戻って来ると、哲弥が走りだした。

「奈央ちゃんのカレシ、来たでーっ」

千香も続き、大声で叫びながら玄関の戸を開けた。

「ちょっとっ」

誰がカレシだと慌てたとき、中から義姉《あね》が出て来た。

「おかえり。よかった。会えたみたいやね」

義姉が伊勢谷に向かって言った。

「おかげさまで」

伊勢谷がまたにっこりと笑う。

「どうぞ入って。夕飯まで時間があるから、お茶でも淹《い》れますから」

「おにいちゃん、いこ」

手をつないだままの千香が笑顔で伊勢谷の手を引っ張り、家の中に消えた。なにがどうなっているのかわからないわたしは、一人ぽつんと玄関に立ち尽くす。

どうして伊勢谷がここにいるの？

いつもより一段と賑《にぎ》やかな居間に恐る恐る顔をだすと、父、兄、そして伊勢谷がこたつで楽しそうに談笑していた。母と義姉はいなかったけれど、子どもたちは伊勢谷が買って来たらしいお土産《みやげ》を嬉々として開けている。

いったいどうなってるの？　もしや幻？　毎晩星を見上げては、なんだかんだ言って伊勢谷のことばっかり考えていたから？

頭を振って、逃げるように二階の自分の部屋に向かった。部屋で上着を脱いで、少し軽くなったからだで、階下におりた。

幻のはずの楽しげな声がまだ聞こえている。居間を覗くと、さっきと同じ光景があった。どうやら幻覚ではなさそうだ。なんだかめまいすらして来た。

居間に入るのははばかられたので、民宿に手伝いに行くことにした。行ってすぐにこれはこれで失敗だと思ったけれど、あとの祭り。

「もう奈央ったら、もっとはよ言うてくれたらええのに」

宿泊客の夕食の支度をしながら、わたしを見て早々母が言った。

「え、なにが？」

「とぼけんでもええって。どうせ喧嘩でもしたんやろ」

「は？」

なにが？　誰と？　混乱状態のわたしに、義姉《あね》が言葉をかさねる。

「ほんまに。死にそうな顔して帰って来るから何事かと思ったのに」

だからなにが？　死にそうな顔ってなによ。

状況がまったく呑み込めないわたしがなにも言わないのをいいことに、母と義姉のお喋《しゃべ》りは止まらない。

「さすが東京の人やね。あんなええ男、見たことないわ」

「個人的には微妙とか無理やとか言うて、まったく、どこに隠してたんよ」

母たちの小言なんだか感想なんだかの理解しがたい発言を総合すると、どうやらわたしと伊勢谷がつきあっていると思っているらしい。

「ちょ、ちょっと待ってよ」

否定しようにも、お膳《ぜん》の用意を終えた二人はさっさといなくなってしまった。

思い返してみても、これまで家族に伊勢谷の〝い〟の字も、口にだしたことはない。そりゃそうだ、いくらわたしが彼を想っていても、わたしたちの関係はただの同僚でしかないのだから。となれば、伊勢谷がなにか誤解を生むようなことを言ったに違いない。

伊勢谷がなにを考えているのか、本当にわからない。

ヤツに問いただそうと決意して、母屋《おもや》に戻った。居間のふすまを半分開けて、まだ楽しそうに話している伊勢谷を手招きする。やれやれといった様子で腰を上げた伊勢谷を、廊下の端まで引っ張った。

「ここにいるってどうしてわかったの？」

「んー、企業秘密」

とぼけた顔の伊勢谷に、ますます腹が立つ。

「お母さんたちになんて言ったのよ。なんか、ものすごく誤解されてるみたいなんですけど！」

「ふーん。本当のことしか言ってないけどな」

「本当のことってなによ？　だいたいどうしてここにいるの？」

問い詰めるわたしを、伊勢谷がじっと見た。まっすぐに見つめられ、言葉に詰まる。

「元気になったみたいだな」

伊勢谷がぽつりと言い、そしてわたしの頭に手を置いた。二、三度ぽんぽんとすると、彼は居間に戻っていった。

「ちょっと！　まだ話は終わってないってば」

伸ばした手が虚しい。立ち尽くすわたしの横を、子どもたちが通り過ぎる。

「喧嘩やー！」

「喧嘩ー！」

口々に言いながら走り去る二人。

「喧嘩なんてしてません!!」

大声で叫ぶと、廊下に子どもたちの笑い声が響く。キーッと地団駄《じだんだ》を踏みそうになるのをぐっと堪《こら》えた。さすがに、そんな子どもっぽいことはできない。

他の宿泊客の夕食の支度を終えた母と義姉《あね》が母屋《おもや》に戻り、今度は家族のご飯を作る。民宿の部屋に戻ると言った伊勢谷を家族全員――もちろんわたしは除く――が引きとめた。母と義姉はまた配膳のために向こうに行き、残った家族と伊勢谷とで夕食をとった。

伊勢谷とわたしの会話はあれ以来ほとんどない。話しかけようとしても、タイミング悪く兄や子どもたちに邪魔されるのだ。でも、かといってこの場で言い争いはできない。

一人悶々《もんもん》としていたけれど、伊勢谷はいつもと変わらず、和《なご》やかに会話に加わっている。さすがはやり手の営業マン。どんな相手でも上手に盛り上がれるらしい。今は兄と釣りの話をしている。

そういえば、あのクリスマスの夜——結局谷本さんとはどうなったんだろう。翌日、謹慎《きんしん》となったわたしをどう思ったのだろう。もしかして、心配して来てくれたんだろうか？　わざわざ、こんな遠くまで。だとしたら、どうしてわたしの家族に個人的な関係があるような言葉を言うのだろう。

ぐるぐると考えている間に食事は終わり、母と義姉が戻って来て、今度は父と兄が民宿の方へ行った。母と義姉が食事をとる間、伊勢谷は買って来たお土産《みやげ》のお菓子を子どもたちと食べている。ほどなくして戻って来た父と兄が、伊勢谷を温泉に誘った。

父も母も兄も義姉も、そして子どもたちも、みんな異様に張り切っているような気がする。

「母屋に泊まってもらった方がええんやろうけど、部屋がなあ」

後片づけをしながら母が言う。

「二階の部屋、今晩片づけるわ。今夜はとりあえず向こうに泊まってもらお」

義姉が答え、食器を仕舞う。

「ほんま、奈央がもっとはよ言うてくれたら、準備ももっとちゃんとできたのに」

ぶつくさ言う母からジロッと睨《にら》まれた。

そんな怒られても……。それはわたしのせいじゃないと大声で言いたい。伊勢谷の登場に、一番びっくりしているのはわたしだと断言できる。

温泉から戻って来た男衆が今度は酒盛りを始めた。ますます話しかけられなくなり、さっさと自分の部屋に戻ることにした。

「おい、奈央。伊勢谷くんに酌《しゃく》ぐらいしろよ」

半ば酔った兄に言われたけれど、無視だ無視。居間をでる前にちらりと伊勢谷を見ると、目が合った。彼は何事もなかったかのように、にやりと笑う。なんでそんな風に笑えるのか、ますます理解できない。

絶対明日の朝にもう一度問い詰めてやる。横目で睨みながらふすまを閉め、二階に上がった。

酒盛りの声を聞きつつお風呂の用意をして、こっそりと入った。たっぷりと温まってから上がっても、賑《にぎ》やかな声はまだ続いている。また自分の部屋に戻り、窓のカーテンを開けた。今夜は雲ひとつなく、大きな満月が海の上に浮かんでいる。

会いたくなかったはずの伊勢谷の登場に、驚くほど動揺している。でも、あっけなく会えてしまった事実にホッとしてもいる。時間が経てば経つほど、気持ちの中で会いづらくなっていたから。

部屋着の上からセーターを着て、温かいパンツを穿く。ダウンジャケットを羽織り、首にマフラーをぐるぐると巻きつける。そっと部屋をでて階段をおり、まだ賑《にぎ》やかな居間を横切って、玄関から外にでた。

冷たい風に身震いをして、手袋を忘れたことを後悔した。ダウンのポケットに両手を入れる。

砂浜におりると、身を切るほど冷たい風に体温を奪われる。凍《こご》えながら見上げた空は、今夜も涙がでそうなくらい美しかった。

夜空を見上げながら、砂浜を歩く。波の音に耳を傾け、首をめぐらして星図を辿る。伊勢谷の星は今夜もはっきりと見えていた。

「一人で見るなって、言ったろ」

ふいに聞こえて来た声に、はっと振り返る。そこには、やっぱり伊勢谷がいた。完全防寒のわたしとは違い、服の上からジャケットを羽織っただけだ。当たり前だけどそれだけじゃ寒いらしく、少し息をきらし、寒そうに両腕をからだに巻きつけている。

「すごいな」

ぽつりとつぶやいた伊勢谷の言葉が、白い息とともに夜空に吸い込まれて消える。

「あのときもきれいだと思ったけど、違うんだな。お前がこれを見たくなる気持ちがわかる」

空を見上げる伊勢谷の横顔を見つめた。月明かりに照らされ、伊勢谷の瞳はキラキラと輝いていた。

「戻りたくなくなる。東京に、この空はないから」

わたしが言うと、星を見ていた伊勢谷の視線が動く。相変わらず、伊勢谷の表情は読めない。なにを考えているのか、さっぱりわからない。

「どうして来たの？」

何度も問いかけて来たセリフ。伊勢谷からの明確な答えはまだもらっていない。

暗闇の中でも、伊勢谷が笑ったのがわかった。

「宮崎は、案外鈍いんだな」

「は？」

いきなり悪口かと眉をつり上げたわたしをまた笑って、伊勢谷が砂浜を歩きだす。

「ちょ、ちょっと待ってよ」

数歩先を歩く伊勢谷を追いかける。歩きながら空を見上げていた伊勢谷がふと言った。

「俺の名前、知ってるか？　昴って言うんだ。すばるは星の名前だよ。それに、すばるはひとつの星じゃないんだ」

「知ってるわ。すばるは星の集まりよ。プレアデス星団って言うの」

「今も見えるか？」

空を見上げて、迷わずさっきまで見ていた星のかたまりを指差した。わたしの指先を辿り、伊勢谷の視線がすばるに向かう。

「きれいなもんだな」

彼はちょっと感心した風に言い、そしてまたわたしを見た。

「この空は無理だけど、すぐ近くに、その星があればよくないか？」

「え？」

「俺で妥協しとけよ。ずっとそばにいるから」

ゆっくりと伊勢谷が言った。

伊勢谷の言葉がうまく呑み込めない。どうしても、自分の都合のよい解釈をしてしまう。だって、そうでしょ。そういうことでしょ？　でも違ったらどうする？

　一人頭の中で混乱しているわたしを見て、伊勢谷が少し呆れ顔になった。

「なんだよ。もっと噛み砕かないと通じないのか？」

　伊勢谷がわたしに向き直る。ポケットに入れていた自分の手がいつの間にか抜き取られ、伊勢谷の手の中にあった。外気に晒《さら》された手が冷たくなったが、すぐに伊勢谷の温かさが伝わる。

　ぎゅっと手を握ったまま、伊勢谷がじっとわたしを見た。

「俺がどうしてここにいるのか、まだわからないのか？　俺は、なんとも思ってない女を会社のあとにも、休日にも誘ったりしないいし、わざわざ正月に実家まで迎えに来たりしないいんだよ」

「伊勢谷……でも」

「宮崎のことが好きだ。お前だって、俺のことが嫌いじゃないくせに」

　握っていた手を引っ張られる。砂の上でぐらついたからだは、伊勢谷に抱きしめられた。

「奈央」

　低い声が耳元でささやく。初めて呼ばれた名前に、心臓が大きく鳴った。伊勢谷のからだは、驚くほど硬く、そして温かい。

「出会ったときから、ずっと気になる存在だった。二人で会いたかったから、奈央の趣味にかこつけて、〝星を見る会〟なんて言いだした。まあ、それはお前のせいで意味がなくなったけどな」

「なんでわたしのせいなのよ!?」

　伊勢谷の最後の言葉が気になり、思わず見上げると、伊勢谷が呆れた顔をした。

「お前がバカ正直に喋《しゃべ》るからだろ？」

それで思い当たるのは、六年前のことと谷本さんのことだ。でも、あの状態で黙っていられる人がいたら、お目にかかりたい。

「だって、しょうがないでしょっ」

わたしが答えると、伊勢谷がまあまあと言いながら、わたしの背中を撫でた。

「まだ途中なんだから、最後まで聞けよ」

納得したわけではないけれど、仕方なく黙る。

「で、お互いに忙しくなって、お前と切磋琢磨《せっさたくま》しながら仕事をするのが楽しかった。意地っ張りで、時々素直で、頑張ってる奈央が可愛かったし、役に立ちたいと思った」

伊勢谷が語る〝宮崎奈央〟は、まるで自分じゃない気がする。わたしはそんな女じゃないのに。

「でもわたしは、一番大きな仕事を台無しにした」

頭の中に、谷本さんの嘲《あざけ》るような顔と、及川課長の失望の表情が交錯《こうさく》する。からだの間に挟まれた手で、伊勢谷のジャケットの胸元をぎゅっと握った。

伊勢谷の手がわたしの背中をぽんぽんと優しく叩く。

「あれは、ちょっと酷《ひど》かったよな」

伊勢谷の困ったような声に、胸がぎゅっと痛くなった。ああやっぱり、伊勢谷に呆れられたんだ。

「あんな酷い人は滅多にいないんだ。心配するなよ、課長がうまくやってくれるから」

「えっ」

顔を上げると、ものすごく間近に伊勢谷の顔があった。わたしを覗き込むように、切れ長の瞳が見つめている。

「奈央は間違ってないよ。まあ、タイミングは悪かったけどな。どうせキレるなら、もっと前にキレてくれれば二人だけでデートできたのに」

妙に能天気に聞こえる伊勢谷の言葉に、耳を疑ってしまった。

「え、でも。だって伊勢谷、嫌がってる風には見えなかった」

「お前がせっかく契約した仕事だろ。俺が台無しにするわけにはいかないじゃないか」

呆れた風に彼が答える。

「わたしのために、我慢してたってこと？」

「それ以外に、あんなのに近寄る理由はない」

伊勢谷がきっぱり言い切った。

「あんまりにも酷いんで、少し前から課長には報告してたんだ。そろそろ動いてもらおうと思ってたときに、お前が先に動いた。まあ、正月明けにはすっきり片づいてるだろ。だから、心配するなよ」

伊勢谷がまたわたしの背中を優しく叩いた。

「あれは、奈央の仕事なんだから」

自然とあふれた涙が、伊勢谷のジャケットを濡らす。さらに強く抱きしめられて、海風の冷たさも感じなくなった。

「なあ。俺って結構努力してるんだぞ。それにこれでも、一途なんだ。俺にしとけよ、奈央。星を見るのも、仕事で困ったときも、これからは俺を呼べよ。一人でどこにも行くな」

低い声が胸に響く。

伊勢谷の話す言葉はわたしの想像を遥かに超えていて、まだ消化できない。戸惑いながら、それでも理解したのは、わたしの片思いは片思いではなかったということだ。まだ信じられないけれど、今わたしを抱きしめている伊勢谷の温もりは本物だから。

「伊勢谷」

からだの間で温められた手を伊勢谷の背中に回した。不思議と冷たさは感じない。

「わたし、ずっと前から伊勢谷が好き、だったみたい」

この間自覚した気持ちを正直に話したら、密着していたからだがふいに離れた。見上げると、伊勢谷が困惑した顔をしている。

「だったみたいってなんだよ」

「いちいち細かいことを気にしないでよ。せっかく告白してるのに」

真っ暗な闇の中に、伊勢谷の瞳がキラキラと光って見えた。背後には満天の星。本当に、輝く星がすぐそばにある感覚だ。

「俺の努力が、やっと報われたみたいだな」

伊勢谷の顔が、ふっと近づいた。まっすぐにわたしを見つめる暗闇の中で光る瞳がなんとなく眩《まぶ》しくて、そっと目を閉じる。

唇に温かなそれが重なったのは、そのすぐあとのこと。

真冬の砂浜で、震えるほど寒いはずなのに、わたしと伊勢谷は抱きあったまま、ずっと星空を見上げていた。

11

どのくらい海にいただろう。伊勢谷に手を引かれ、民宿の玄関から、こっそりと中に入ったときにはすでに日付が変わっていた。二階の端に用意された伊勢谷の部屋に入る。伊勢谷が寒い寒いと言いながら暖房を入れた。

八畳ほどの和室の真ん中には、すでに布団が敷かれていた。うちは、かなり年季の入った民宿だけど、リフォームをしているので、部屋はとてもきれいだ。

真新しいエアコンの送風口からゴーッという音とともに風が出て来たけれど、まだ温風とは言いがたい。

完全防寒のわたしに対し、伊勢谷は薄着だったので、相当寒かったようだ。

「そんな格好で出て来るからよ。瀬戸内とはいえ、真冬の海って極寒よ」

ぐるぐるに巻いていたマフラーを外し、ダウンを脱いで腕にかける。

「仕方ないだろ。お前の兄貴に急《せ》かされて、急いででたんだから」

「え、兄さんに?」

「正確には、兄夫婦に、だ。毎夜毎夜お前が海辺をふらふら歩いてるから、相当不気味……いや、心配してたみたいだぞ」

不気味ってなによ！

でも、兄と義姉《あね》からそんな風に思われていたとは。もしかしなくても、こっそり見られていたのかしら。そう考えるとかなり恥ずかしい。そういえば、義姉から死にそうな顔して、なんて言われたっけ。

確かに、理由も言わずいきなり実家に戻って来たら、怪しいことこの上ないだろう。ただ星を見ていただけだけど、家族に黙って夜中にふらっと出て行くなんて、危ないと思われても仕方ない。みんなに相当気を使わせていたことにいまさらながら思い当たって、情けなくなる。

「本当に、これからは絶対俺を誘えよ」

ようやく温風が吹き出し、部屋も温まって来た。ジャケットを脱いだ伊勢谷がわたしの目の前に立つ。そして、わたしの腕にかけてあったマフラーとダウンを奪い、床に落とした。あっ、と思ったけれど、声をだす前に引き寄せられ、抱きしめられる。心臓がドキドキと脈打つ。誰かと親密に触れあうことは、こんなに心地いいということを、すっかり忘れていた。

「間違っても一人でなんか行くなよ」

温かい息が、首すじにかかる。そして唇がそのまま移動して来て、わたしの唇に触れた。伊勢谷の濡れた舌が差し込まれる。きつく吸われた唇が痛い。それでも、伊勢谷の背中に腕を回し、ぎゅっとしがみついた。

伊勢谷とこんな風にキスをしているのが、まだ信じられない。ほんの少しの戸惑いと、それを上回るうれしさが、わたしの中に満ちあふれていた。

伊勢谷の手が、セーターのすそからゆっくりと入って来る。だけど彼は、わたしがその下に着ているシャツに気がついたのか、唇を離した。

「何枚着てるんだ？」

聞かれたわたしは、セーターをバッとめくり上げる。ロマンのかけらもないけれど、しょうがない。

わたしがきっちりと着込んでいるシャツを見て、伊勢谷が眉をひそめた。

「ちなみに、この下にさらにTシャツと婆《ばば》シャツも着てるわよ、もちろん」

「だから平気そうだったのか」

真冬の天体観測には、それなりの装備が大事なのだ。

一瞬愕然《がくぜん》とした顔になった伊勢谷だけど、思い直したように、さっさとわたしのセーターを脱がせた。次にシャツのボタンを外していく。

「ちょっと……」

抵抗する間もなかった。あっという間に、わたしの上半身は下着だけになった。急に外気に晒《さら》され、身震いする。

「寒いわ」

「すぐに熱くなる」

抗議の声は、伊勢谷の口の中に吸い込まれた。

ぶつかるようなキスの間に、伊勢谷が自分のシャツのボタンを外した。キスを続けながら、彼はもどかしげにからだを揺すってシャツを落とす。その下に着ているTシャツの上から、伊勢谷のからだに触れた。そこは驚くほど熱くて、さっきまで寒さに震えていたのが嘘みたいだ。

伊勢谷の首に腕を回すと同時に抱え上げられ、次の瞬間には布団の上に倒れこんでいた。するりと下着が外され、胸に伊勢谷の大きな手が重なる。

繰り返されるキスと手の動きに、わたしのからだが徐々に熱くなる。心臓が激しく動いているのがわかる。触れられた場所が熱を持ち、全身が赤く染まっていくようだ。伊勢谷の手が、わたしのジーンズのボタンを外す。素肌と下着の間に入り込んで来た温かな手を思わず押さえた。

「ちょ、ちょっとっ」

「なんだよ。待つ気はないぞ」

「わ、わたし、その、久しぶりなんだけど」

最後にからだを合わせたのはいつだっただろう。少なくとも、会社に入る前だ。仕事を始めてからは、仕事を教えてくれた先輩と、たった一度キスをしただけ。

大人の経験値としてはどうかと思うけれど、これぱかりは仕方がない。それに、こんなに早急に伊勢谷と親密な関係になることは想像していなかったから、心の準備ができていない。

「奇遇だな。俺もだ」

伊勢谷はニヤリと笑うと、いったんからだを起こしてTシャツを脱いだ。引き締まった上半身が露《あら》わになり、またわたしの心臓の鼓動を速くする。

覆いかぶさって来た伊勢谷に抱きしめられ、またキスをされた。舌で口の中をさぐられ、唇をきつく吸い上げられる。重なった素肌が熱い。胸が伊勢谷の胸に押しつぶされて少し苦しいけれど、なんとか彼の背中に手を滑《すべ》らせ、わたしからも抱きつく。

伊勢谷の唇が移動していく。首すじから鎖骨へ、そこから胸の先へ。片方の胸に唇が触れ、もう一方の手で反対側の胸をゆっくりと揉まれた。伊勢谷の口の中で、甘く転がされた先端が固く立ち上がる。

「んっ」

両方の胸を丹念に愛撫され、わたしの心臓が激しく動く。伊勢谷に触れられるたび、からだがどんどん熱くなる。その熱がどこから生まれているのかを意識したとき、伊勢谷の手が器用にわたしのジーンズを脱がせた。下着の上から、熱を持ち始めたそこに伊勢谷の手が触れる。

「ああっ……ん」

ぐっと手のひらで押されただけなのに、快感が走る。

「あんまり声をだすなよ。隣に聞こえるぞ」

耳元でささやかれる彼の声は艶《つや》を含んでいて、そして少しだけ意地悪だ。

「し、仕方ないでしょ！」

伊勢谷の首すじに顔を埋め、声を我慢して伊勢谷の指の動きを感覚だけで追う。すでに下着は脱がされ、熱くなったそこに直接触れられていた。目を瞑《つぶ》っているのに、自分でもたっぷりと濡れているのがわかる。くちゅくちゅとやけに淫《みだ》らな音が、声よりも大きく聞こえた気がした。

「お、音、立てないでよ」

しがみついたまま言うと、伊勢谷がククッと笑う声が聞こえた。

「鳴らしているのはお前だろ？」

意地悪く言い、さらに指を動かして音を立てる。

「わたしじゃないっ、や、やだぁ！」

敏感な突起を指で弾かれて、からだが捩《よじ》れた。

「だから声をだすなって」

「くっ……ん、意地悪……」

顔を上げて、伊勢谷を見た。乱れた髪が額《ひたい》にかかって、色気をかもしだしている。わたしを見つめる瞳は少し潤《うる》んでいるようにも見えるけど、表情は楽しげだ。

伊勢谷が頭を下げ、わたしとおでこを合わせた。鼻の先が触れ合い、唇まで触れそうな距離に、心臓の鼓動がさらにスピードを上げる。

「嫌じゃ、ないだろ？」

唇のすぐ上で、ささやく声。伊勢谷の襞《ひだ》をなぞる指は絶えず動いていて、部屋に水音を響かせる。

自分の顔が真っ赤になっているのがわかった。

「音が……んっ、恥ずかしいのっ」

「仕方ないだろ？　こんなに濡れているんだから」

「だから、わたしのせいじゃないっ」

「じゃあ、誰だよ？」

伊勢谷が言い、指をさらに強く動かした。

「あっ」

思わず仰《の》け反《ぞ》ったあごの先に、伊勢谷がキスをする。

「だから、抑えろよ、声」

そう言いながらもおかしそうに笑っている。

「誰のせいよっ」

キッと睨《にら》むと、伊勢谷がニヤッとした。

「お前だって」

「わたしじゃない」

「いや。お前が俺を煽《あお》るから」

伊勢谷の顔から笑みが消えた。瞳の奥に妖《あや》しい光を感じる。情欲を含んだ、でもやけに真剣な目に見つめられ、ドキドキする。

「そ、そんなことしてない」

目を閉じて、すぐそこにある伊勢谷の唇にささやく。

「可愛いな、奈央」

その言葉と同時に、伊勢谷のからだが動いた。少し離れたと思ったら、いつの間にか唇を捕らえられ、甘いキスをしていた。

キスを続けながら、伊勢谷の指が突起を何度もなぞる。水音はさらに激しくなり、からだがどんどん熱くなる。

敏感な突起を指で捏《こ》ねるようにつぶされたとき、またからだが大きく跳ねた。

「んんっっ」

ぎゅっとわたしを抱えたまま、伊勢谷が愛撫を続ける。繰り返されるキスの間に、指がゆっくりと入って来たのがわかった。久しぶりに感じた違和感に、一瞬息が止まる。

「きついな」

唇を離して、伊勢谷がかすれ声でつぶやいた。濡れているとはいえ、微かな痛みを感じる。伊勢谷が動きを止め、重なっていたからだが離れる。

「やめないで」

思わず伸ばした手を伊勢谷の手が握った。

「やめるわけないだろ。どれだけ待ったと思ってるんだ」

少し笑いを含んだ声でそう言うと、伊勢谷は迷いなくわたしの両脚を広げた。彼の顔がそこに近づくのが見えて、鼓動が一気に速くなった。

「あっ」

閉じようとした脚を、力強い手で押さえられる。

「や、やだ。見ないで」

「大丈夫。すごく、きれいだ」

伊勢谷がそこにキスをした。痺《しび》れるような快感が走る。わたしのからだを手で押さえ、伊勢谷の唇が何度もそこに吸い付いた。彼の舌が這うたびに、ぴちゃぴちゃと淫《みだ》らな音が響く。指で襞《ひだ》をかきわけ、露《あら》わになった突起に、濡れた舌がからんだ。何度も走り抜ける快感に、ビクビクとわたしの全身が震える。

熱くぬかるんだそこに、再び伊勢谷の指が触れた。押しこめられる指。だけどさっき感じた違和感はなく、すんなりと呑み込んでいく。

「はっ……ん」

伊勢谷の頭を押さえるように手を置き、自分の内側をさぐる指が生みだす快感に、何度も腰を捩《よじ》った。同時に舌でも愛撫され、心臓が壊れそうなほど速く動く。

濡れた音がエアコンの音に重なる。伊勢谷の指がくっと曲がり内壁を擦《こす》るように動く。指で敏感になっている花芯をぎゅっと押さえられると、一気に快感が背中を駆け抜けた。

「あっ、やっんんん」

跳ね上がったからだは伊勢谷のからだに、飛びだした言葉は伊勢谷のキスに、それぞれ押さえられる。激しい愛撫がゆるりとしたものに変わり、少しわたしの呼吸が落ちつくと、伊勢谷がふいに離れた。

「伊勢谷ぁ」

無意識に伸ばした手を、伊勢谷に掴まれる。

「待ってろ、すぐだ」

笑いを含んだ声に閉じていた目を開けると、伊勢谷が自分のジーンズを脱ぎ、取り出した避妊具のビニールを破いた。なんだか気恥ずかしくて目を逸らし、天井の電灯に目を向ける。いまさらだけど、電気がついていることに気づいた。

真夜中とはいえ、こんなに明るい中、裸どころか一番大切なところまで、伊勢谷の目の前に晒《さら》しているなんて。羞恥《しゅうち》から慌てて掛け布団の中にもぐり込んだ。

「電気消してっ」

「なにをいまさら」

伊勢谷の笑い声が聞こえる。

だけどそう言いながらも、伊勢谷は電気を消してくれた。そっと布団から顔をだすと、部屋の中は暗くなっている。ホッとしたところで、掛け布団をはがされた。

「きゃっ」

思わず声を上げたと同時に、伊勢谷がまた覆いかぶさって来た。

「声、抑えろって」

すぐに肌が重なる。同時に、笑いを含んだ声が耳元で聞こえた。

伊勢谷のからだが熱い。でもわたしもきっと同じだ。少し汗ばんだ背中に腕を回し、ぎゅっと抱きあう。

暗闇の中で交《か》わすキス。濡れた音が、冷めていた熱を再び上げる。わたしのからだの間で、伊勢谷の熱く硬いものを感じた。意識した途端、心臓が踊る。伊勢谷の指が濡れたわたしの秘部をまた辿り、さらに濡らしていく。くちゅくちゅという音が、たまらなく恥ずかしい。

「奈央」

ゾクリとするほど低い声で耳元にささやかれた。

「――奈央」

もう一度ささやかれたと同時に、わたしの濡れた中心に熱いそれが触れた。ちゅくり、とひときわ淫《みだ》らな音が暗闇に響く。

「あっ、んっ……伊勢谷っ」

ゆっくりと押し広げられるような感覚。じわじわと熱いかたまりが入って来る。

「昴だ」

少しだけ苦しげな声で、伊勢谷が言った。

「名前を呼べよ、奈央」

ゆっくり、でも確実に、彼がわたしの中に埋まっていく。徐々に満たされながら、でも物足りない。

「す、昴」

初めて名前を読んだ。伊勢谷――いや昴が顔を上げて、わたしを見た。彼はわたしにおでこをくっつけて、そして、今まで見たこともないくらい甘い顔で笑う。ちゅっと何度か軽いキスを繰り返し、それから手でわたしの太ももを抱えた。両脚を左右に広げ、伊勢谷が一気に入って来る。

「あっ、ああっ……ん」

声はまたすぐに、キスで塞《ふさ》がれる。

からだを押し開かれる感覚。随分《ずいぶん》と長い間、誰も受け入れていなかったからか、初めてのときのように圧倒的な圧迫感がある。それでも、その圧迫感のおかげでようやくすべてが満たされたのがわかった。

ぎゅっと抱きしめられ、キスをしたまま昴が動きだした。ゆっくりと揺さぶられる。快感は徐々に大きくなり、からだ中にあふれていく。

「奈央」

唇を離して、昴がささやく。いつの間にか閉じていた目を開けると、すぐ目の前で昴が笑っていた。こんなときなのに、驚くほどきれいな笑顔。

「やっと俺のものになったな」

わたしの最奥に熱いそれを押しつけ、昴が言う。

「ふっうん……、わ、わたしはものじゃない」

その目を見つめ返して答えると、昴がニヤリと笑った。

「相変わらずだな。からだは素直なのに」

そう言って、片手を伸ばし、つながったことでさらに敏感になっている突起を指で弾いた。

「あんっ」

痺《しび》れるような快感が走り、思わず仰《の》け反《ぞ》ると、昴があとを追うように深く入って来た。ぴったりと合わさったからだは一分《いちぶ》の隙もない。体温も汗も同化して、二人で溶け合っているようだ。

昴が動く。硬くて熱い昴自身が何度も出入りを繰り返し、そのたびに、波のような快感が襲って来る。

くちゅくちゅと濡れた音がやけに大きい。わたしの呼吸と昴の呼吸が呼応しているかのように、重なって聞こえた。

声を堪《こら》えるため、昴の首すじに顔を埋める。唇をかすめた肌は少し塩辛い。舌でそっと舐めると、昴がぴくりと震えた。もう一度口づけると、唇に昴の脈を感じる。それは心臓と同じ速さで動いていた。キスをするようにそこに吸い付くと、わたしを抱いている昴の力が強くなる。

「煽《あお》るなよ」

耳元でささやく声。聞こえないフリをして、さらにきつく吸う。すると、小さな笑い声が聞こえたのと同時に、世界が回った。

「きゃっ」

とっさにでた声に慌てて口を押さえる。気づくと昴の上にいた。二人のからだはまだつながっていて、わたしの中でドクドクと脈打つ昴自身を感じる。昴は、高揚したうっとりとした目で、わたしを見つめていた。その首すじには、今つけたばかりのキスマーク。それが、いつもの彼の爽《さわ》やかな印象を払拭し、妖《あや》しい男の魅力をあふれさせていた。

昴がわたしの腰に手をあて、前後に揺する。さっきとは違う、少しもどかしい感覚に耐えられなくて、わたしは昴の胸に手を置いて自分から腰を動かした。壁を擦《こす》り、気持ちのいい場所を探す。その動きに合わせるように、昴が下から突き上げて来る。

「はっっ」

声を上げると、昂がからだを起こした。そして、腕を伸ばしてわたしの首に回し、引き寄せる。

「声、だすなって」

そうつぶやき、わたしの返事をキスで呑み込む。胡坐《あぐら》をかいた昂の上に座り、キスをしたまま強く突き上げられた。濡れた秘部が擦れ、新たな快感が生まれる。からだを抱きしめあい、キスをかさねた。汗も体液も、なにもかもがぐちゃぐちゃにまじり合う。

閉じたまぶたの奥がキラキラと光っていた。それは夜空の星よりもまぶしい。

「す、昂っ」

キスの合間にささやく。快感がどんどん増していて、心臓が壊れそうなほど速く動いていた。

「奈央、おれも、もうっ」

昂が苦しげな声をだした。二人で布団の上に倒れ込む。目を開けると、すぐ目の前に昂の顔があった。汗が流れ、わたしの頬に落ちる。つながった場所は熱くてどろどろに溶けているようで、どんな状態なのかもわからない。ただ、昂はずっとわたしの中にいて、快感を与え続けている。

昂の首に腕を回し、ぎゅっとしがみつく。自ら腰を持ち上げ、さらに深く彼を迎え入れると、新たな快感にからだが震えた。

同じようにわたしを抱きしめた昂が、これまでよりも強く、速く動きだした。

「うっんっ、うっ」

声はすべて塞《ふさ》がれた唇に消え、口の中を昂の舌に熱く舐め回された。そしてわたしの中では、快感の波が、彼の熱く硬いものによって作り続けられる。痺《しび》れるような感覚が足元から襲って来て、そして一気に駆け抜けた。

「うっ！」

ぎゅっと昴にしがみついたとき、わたしの一番奥深くを昴が突いた。そして、薄い膜ごしに、彼の熱が放たれるのを感じる。合わさった胸の鼓動がやけに大きく聞こえるような気がした。

しばらくして昴のからだから力が抜ける。体重の重みが一気にかかり、一瞬息が詰まった。わたしが彼の背中をゆっくりと撫でると、昴はわたしを抱いたまま、ごろりと横になった。

汗で顔に張りついたわたしの髪を指で梳《す》き、昴が顔を寄せてまたキスをして来た。今度はまったりとしたキスだ。

汗にまみれたお互いのからだを緩《ゆる》く抱きしめ、何度もキスを繰り返す。徐々に落ちついて来た心臓の鼓動。

やがて、唇を離して、深呼吸した昴が、部屋の隅にあったティッシュの箱を引き寄せた。からだの中から昴がするりといなくなる。

「んっ」

わずかな快感の名残に声を上げると、昴がまた笑った。

後処理をした昴が、改めてわたしを抱き寄せる。汗が引いたからだは少しひんやりとしているが、部屋の暖房がしっかりと効いているので、寒さは感じない。

「大丈夫か？」

「うん」

そう答えたけれど、からだの奥にはまだなにかがあるような感覚が残っているし、久しぶりに受け入れたそこはなんだかヒリヒリと痛い。それでも、それを上回る幸福感があった。

お互いのからだに腕を回す。いまさらだけど、なにを話していいのかわからなかった。ひたすら照れくさい――それに尽きる。

「眠い」

わたしの背中をゆっくりと撫でながら、昴が言った。

告白して、初めてからだを合わせたこのタイミングで寝るのか、と思ったけれど、確かにもう真夜中だし、昴が夕方にこっちに着いたのだとしたら、相当朝早くでなければいけない。わたしのために、早起きまでしてくれたんだろうか。

目を瞑《つぶ》り、うとうとし始めた昴の顔を見上げる。からだを起こそうとしたら、昴の腕に力が入った。

「行くな」

半ば眠っているように見えるのに、からまった腕の力は強くて、簡単には抜けられない。昴の胸に頭を預け、心臓の音を聞く。さっきとは違い、一定の速度で脈打つそれを聞いているうちに、わたしまで眠くなって来た。

昴の首すじに顔を埋める。昴の鼓動と波の音を聞きながら目を閉じた途端、わたしの意識がすーっと沈んでいくのがわかった。

12

温かな腕にしっかりと包まれたまま、ふと目を開けた。目の前にはまだ眠っている昴の整った顔がある。昴とこうなるときが来るなんて信じられない。しかも、ここは東京じゃない。わたしの実家だ。

白み始めた外からうっすらとした光が入って来て、昴の顔を照らす。

……明るい？　……実家？

「うそっ。今何時よっ⁉」

叫びながら飛び起き、あたふたと服を探す。

「うるさいなぁ。落ち着けって」

眠そうな声と同時に、わたしの腰に腕が回り、布団の中に引っ張り込まれた。触れあった素肌にまたドキッと胸が鳴る。

「まだ早いだろ。寝させろよ」

昴が、まるで赤ちゃんをあやすみたいにわたしの背中をぽんぽん叩く。

「ダメよ、朝になって部屋にいなかったら、なに言われるかわかんないでしょっ」

「夜中に出て行ったお前を俺が追いかけた。で、朝まで戻って来ない。いい大人ならわかるだろ？」

「そうじゃなくて！　恥ずかしいでしょ!?」

「そうか？」

「そうよ」

昴の腕を抜けだし、脱ぎ散らかした下着や服を身につける。その様子を昴がジッと見ていたけど、この際恥ずかしいなんて言ってられない。急いでシャツのボタンを留める。昴があくびをしながら下着とTシャツを着て、荷物の入った鞄《かばん》を探りだした。

「奈央」

ちょいちょいと呼ばれ、昴の前に座ると、ほらと長細い包みを渡された。

「クリスマスに渡す予定だったんだけどな。まあ、今もいいタイミングとは言えないが」

少し苦笑いを浮かべながら、昴が言う。箱を開けると、中にはペンダントが入っていた。ペンダントトップは、月と星と、キラキラと輝く石。

「きれい」

そっとつぶやくと、昴がそれを手に取り、わたしにつけてくれた。胸の上で、星が輝く。

「似合ってる」

「あ、ありがとう」

なんだか照れくさくてうつむいた。

「奈央」

低い声に顔を上げると、昴が微笑んでいた。もうすでに、寝起きだとは全く思えない、いつもの通り整った顔だ。その顔がすっと近づき、心臓が大きく鼓動を打つ前に唇が重なった。

「またあとで」

昴のささやく声に頷き、服を抱えてそっと部屋をでた。足音を立てないように階段をおりる。玄関にあった自分の靴を取り、渡り廊下を抜けて母屋《おもや》に戻る。台所で母や義姉《あね》の話し声が聞こえて、心臓がバクバクしたけれど、そろりそろりと階段を上がり、二階の自分の部屋に飛び込んだ。

外は一段と明るくなっていた。着ている服を脱ぐと、素肌に点々と残る、真夜中の情事のあとが目に入る。まだ熱の残る肌からは、昴の香りがした。

胸元のペンダントに触れる。昴がくれた、わたしだけの星だ。

ほとんど寝ていないはずなのに、ちっとも眠くない。むしろ、ここ数週間で一番、頭の中がスッキリとしていた。

着替えを終え、顔を洗うために階下におりる。子どもたちの楽しそうな声が聞こえている。なんだか気恥ずかしくて、こっそりと洗面所に入った。

鏡の中には、やけに満ち足りた顔をした女がいた。胸元に揺れる星の周りに、赤い鬱血《うっけつ》が散らばっているのを見て、思わず鏡に近づく。

「やだ。丸見えじゃない」

いくら首回りを引っ張っても、どうやっても隠れない。急いで顔を洗い、タオルを手に二階の自分の部屋に戻った。着替えをあさり、首まで隠れるシャツを探して、慌《あわただ》しく着替える。ついでに軽く化粧をして、最後に手鏡で胸元を確認してまた階下におりた。

少しドキドキしながら居間のふすまを開けると、母と姉が家族の朝食を並べているところだった。

「ああ、奈央おはよう。ちょうどよかった。向こう行って来るから、あとお願いね」

「うん、わかった」

母と義姉《あね》の態度に変化はない……と思う。民宿の方へ向かう二人を見送る。

「おはよーっ」

早朝から元気な子どもたちが飛び込むように入って来て、そのあとから父と兄が続く。一瞬、兄がニヤリと笑った気がしたけど、見ないフリをする。よく見れば、父も心なしかそわそわしている気がするけど、そっちも見ないフリをして朝食の準備を進めた。

用意を終えたところで、母たちが昴を連れて戻って来た。

「奈央、伊勢谷さんのお茶碗もよそったり」

さっきまで一緒にいた昴の登場についつい固まってしまったわたしを、母が促《うなが》す。慌てて来客用のお茶碗をだし、ご飯をよそって昴の前に置いた。

「ありがとう」

朝から爽《さわ》やかに昴が笑う。この瞳に見つめられ、この唇と何度もキスをした。そして、ついさっきまでこの腕の中にいたのだ。

そう思うと、顔が赤くなる。慌てて顔を背《そむ》けたら、逸らした先に義姉《あね》と母のにんまりした笑顔が見えて、今度は血の気が一気に下がった。

「じゃあいただこか」

一人赤くなったり青くなったりしている間に、母が声をかけ食事が始まった。昴の隣に座り、なんとも言えない気分でご飯を口に運ぶ。

わたし一人黙っていても、食卓は賑《にぎ》やかだった。子どもたちは口々に喋《しゃべ》り、昴も父や兄と楽しそうに話している。なにか言いたそうな義姉はニヤニヤ笑いを隠そうとしないまま、わたしを見ていた。

いたたまれない……

逃げだしたいけど、できるはずもなく。

食事を終え、少し落ちついたころで、母が昴に言った。

「伊勢谷さん、母屋《おもや》にお部屋を用意したから、今日から移ってもらえる？」

「え、いえ、向こうでいいですよ。申し訳ないし」

「いいえ。特別なお客さんやのにこっちが申し訳ないわ」

ねえと母がわたしに向かって言ったけれど、なにがねえなのかわからない。

「じゃあお言葉に甘えて」

昴が申し訳なさそうにしながらも微笑むと、今度は義姉が興味津々といった顔で口を開いた。

「ねえ、ところで二人はいつからおつきあいしてるの？」

その言葉に、こたつに入っていた大人全員がこっちを向いた。

「なっ」

先に声をだしたのはわたしだった。というか、いつの間にそんな話になってるの？　昨日からのことを思えば、家族がそう思いこんでいるだろうことは薄々わかってはいたけれど。

思わず昴を見るが、慌てている様子はない。それどころか――

「六年前からです」

そうさらりと答え、わたしを余計に驚かせた。

六年？　昨日の夜からじゃなくて、六年前？

口をぽかんと開けて昴の横顔を凝視すると、ヤツは一瞬こっちを見てニヤリと笑った。

「こんな素敵な人に、わざわざ結婚を前提としてつきあってますって報告までしてもらって。親としてはうれしい限りやわ。ねえ、お父さん」

うれしそうに言う母の言葉に、また驚いた。

「けっ、けーっ」

「やあねぇ、奈央ったら。変な声だして」

母はケラケラと笑うが、これは笑える問題なの？

「ちょ、ちょっと来てっ」

立ち上がって、昴を廊下に連れだす。

「なんだよ、まだお茶も飲んでないのに」

ぶつぶつ言ってる昴を廊下の端まで引っ張って行き、真正面から見すえる。

「どういうことよ！」

「なにがだよ」

「全部よ。六年前からつきあってるだの、結婚前提だの」

「真実じゃないか」

「どこがっ」

昴の首元に手をやり、ぎゅぎゅう締め上げるけど、効きやしない。昴はニヤニヤ笑ったままわたしの手を掴み、ぎゅっと握った。それからおでこをコツンと合わせる。ぴたりと動きを止めたわたしにクスッと笑った。

「六年前、最初にプラネタリウムを見に行ったとき」

昴が静かに言った。

「本当はあのとき、告白しようと思ってた」

「え……」

「あの日からつきあってたと考えれば六年、だろ？」

わたしの手を握っていた昴の手が離れ、腰にその腕が回る。昴がまっすぐにわたしを見た。その瞳は楽しげで、キラキラと輝いて見えた。

「六年間、奈央だけを見てた。すべてを手に入れたいと思うのは当然だろ」

心臓がまた跳ねるように動く。

「わ、わたしの気持ちは？」

そうよ、つい昨日の夜までわたしはなにも言ってない。わたしの気持ちを確認する前に、両親たちにそんなことを言っていたのかと思うと、違う意味で冷や冷やした。

「勝算がないのに、そんなマネするわけないだろ」

昴が、口の端を上げてニヤリと笑った。

「勝算って」

「目は口ほどにものを言う」

昴はそう言うと、わたしのまぶたにキスをして居間に戻っていった。心臓をバクバクさせたまま廊下に立ち尽くしていたわたしの横を、千香と哲弥がはしゃぎながら通り過ぎる。

「きゃーっ、ママー。見てもーたー、ちゅー見てもーたー」

「ちゅーや、ちゅー」

「ちょ、ちょっと待ちなさいよっ。してないわよ、ちゅーなんて」

子どもたちを追いかけ、廊下を走って居間に飛び込むと、父が一人でお茶を飲んでいた。

「奈央、いい歳して恥ずかしいで。廊下は走るな。伊勢谷くんなら母さんと荷物を取りに行ったで」

「ご、めんなさい」

ああもう。踏んだり蹴ったりだと思いながら、赤くなった顔を隠し、こたつの上に残っていた食器を片づけた。


母と昴が戻って来たのはそれからしばらく経ってから。

母は、昴をわたしの部屋の隣に案内した。ふすまを開ければわたしの部屋とつながっているという この間取り。元々ほぼ物置だった部屋を、昨日の夜に片づけたらしい。ますます、わたしが自分の部屋にいなかったことがバレバレだ。

「夜はどっちで寝てもいいでしょ」

なんて母はニヤニヤと笑っている。ああもう本当に色々恥ずかしい。

「伊勢谷くんのご両親はどんなお仕事を？」

昼食をみんなでとっているとき、父が言った。

そういえば、昴のご両親のことを、なにも知らない。それなのに勝手に結婚だなんだって話を進めてしまうなんて失礼だったと、恥ずかしながらそのときに気がついた。

「うちは下町で小さな工場をやってるんです。工場といっても、父と母だけで、小さなネジとか作ってるんですけどね」

昴は穏やかな口調で答えた。

「うちは男ばかりの三兄弟で、自分は真ん中なんですが。親は自分の代で工場を畳むと公言しているので、俺たちは全員会社員になりました。まあ今でも俺は実家暮らしなんで、しょっちゅう手伝ってはいるんですよ」

彼が同僚とあまり飲みに行かないのは、それが理由だったんだ。

昴は滞在中、毎日のように兄と釣りをし、父の畑や民宿の雑用を手伝い、子どもたちと遊んだ。泥に汚れ、埃《ほこり》まみれになっても笑っている昴は、東京でスーツ姿で颯爽《さっそう》と歩く彼からは想像がつかない。わたしが思い描いていた〝伊勢谷昴〟像と現実は、少し違うようだ。

わたしはというと、昼間は母たちを手伝い、夕方には子どもたちと、そして昴と一緒に海辺を散歩した。夜には二人で星空を見ることがおきまりになった。

のんびりとした年末を過ごし、賑《にぎ》やかなお正月を迎える。穏やかで静かな日常は、昴が隣にいても変わらなかった。

一月二日の夕食後、お風呂をすませたあと、二人で星空を見上げた。実家での最後の夜だ。わたしの長い休日がもう終わる。

吸い込まれそうな星空は、泣きたくなるくらい美しい。この空に、また別れを告げなければいけないのだ。夜空を見上げたまま、わたしは動けなくなっていた。そのわたしの様子を感じたのか――

「俺がいる」

昴が空を見上げたまま言った。昴の視線の先には、すばるがある。

「俺が、そばにいる」

昴の肩に頭を乗せた。ぎゅっとつないでいた手に力を入れる。

「うん」

頷くと、頭に昴の頭がコツンと当たった。つないでいた手がいつの間にか離れ、長い腕がわたしのからだを包んでいた。体温が重なり、鼓動が重なる。

そっと目を閉じると、まぶたの裏に輝くすばるが見えた。

昴が開けたわたしの心の穴は、結果昴が塞《ふさ》いでくれた。

13

朝早く起きて荷物をまとめた。向こうから持って来たおもちゃやお菓子が減った分、来たときよりも荷物は軽くなるはずだった。しかし、母から持たされた大量の土産《みやげ》により、結局は来たときよりも多く、そして重くなった。

最後の朝食をみんなで食べた。両親に別れを、義姉《あね》に礼を言い、名残惜しそうな子どもたちに手を振って兄の車でバス乗り場に向かう。

「妹をよろしくな」

別れ際に兄が言い、それに昴が頷いたあと、二人は握手を交《か》わした。

高速バスの窓ごしに、遠ざかる海をじっと見ていたら、隣に座っている昴に、ぎゅっと手を握られた。

「いいところだったな」

心からそう思っているように聞こえた。わたしの大好きな家族を、景色をほめてもらえるなんて、こんなにうれしいことはない。

「今度は、俺の家にも来てくれるか?」

えっと思い振り返ると、昴がわたしを見ていた。

「わたし、気に入ってもらえる？」

生意気で意地っ張りで、可愛くない女だ。それでも――

「当然だろ」

昴がいつものようにニヤリと笑った。


電車と新幹線を乗り継ぎ、東京駅に着いたのは夕方だった。ここからは昴とは別の電車に乗る。数日間とはいえずっと一緒にいたからか、とても寂しい。でも、それをここで素直に言える性格でもない。

「着いたら連絡しろよ」

去年散々電話もメールも無視したことを根に持っているのだろう、昴がそうつぶやく。

荷物が多いから送っていくと言ってくれたけれど、大荷物を持って疲れているのはお互い様だからと、かたくなに断った。

「明後日はいつも通り出社しろよ。大丈夫だから」

途端に、仕事のことが頭をよぎる。向こうにいる間も、昴は何度も大丈夫だと言ってくれた。けれど、やっぱりまだ不安だ。

「じゃあ会社で」

それぞれの電車に乗るため、改札で別れる。重たい荷物を持って、ようやく家に帰り着いたときは、息も絶え絶えだった。

着替えるよりも先にまず昴にメールを送る。わたしよりも早く帰り着いていたらしく、昴からはすぐに返事が帰って来た。それから実家に電話をした。

『奈央が東京で幸せに暮らしてるなら、お母さんたちも安心やわ。伊勢谷さんと仲良くしぃよ』

母の声は少し寂しそうで、でもうれしそうにも聞こえた。もう言葉の裏を読む気はない。母の言葉を素直に受け入れられるわたしがいた。

翌日はのんびりと過ごし、増えた荷物を整理した。何度か昴と電話とメールのやり取りをし、そしてわたしの長い休暇が終わった。

いつもの時間に起き、支度をして家をでた。久しぶりに着たスーツが、少しだけ窮屈《きゅうくつ》に感じる。母が持たせてくれたお土産《みやげ》の入った紙袋とともに満員電車に揺られ、いつもの駅でおりた。ついこの前までクリスマスカラーにあふれていた会社までの道は、今はお正月ムード満載だ。大勢の人の流れにのって歩きながら、どうしようもなくドキドキしていた。どんな顔をして課長の前に立てばいいのだろう。他の営業の人たちはどう思っているのだろう――。会社の前まで来たところで、後ろから肩を叩かれた。振り返ると、昴が笑っていた。

「おはよ」

「おはよう」

「珍しく緊張してるな」

面白そうな顔をして昴が言い、一緒にエレベーターに乗り込む。相変わらず混んでいるそこで、昴はためらいなくわたしの腰に手を回した。

「ちょっ、ちょっと」

「まあまあ」

密着したからだに、心臓が跳ねる。何分も経たないうちに扉が開き、押しだされるようにエレベーターからおりた。するりと離れた昴の手がなんだか名残惜しい——なんてことを考えてしまう自分を叱咤《しった》する。と同時に、朝からの緊張が消えていることに気がつく。

営業部の扉を開け、誰もいない室内に入った。真後ろにいた昴が電気をつける。すっきりと片づいた自分の机の上には、年末の引き継ぎの書類が置かれていた。ざっと読み、大きな変更がないことにホッとしたとき、及川課長が出社して来た。

「おお、早いな二人とも」

「課長！　あけましておめでとうございます。長く休ませていただいて申し訳ありません」

「あけましておめでとう。随分《ずいぶん》顔色がよくなったな」

及川課長はわたしを見てにこりと笑った。

「来た早々で悪いが、一緒に来てくれ。十分後にでる」

「あ、はい」

やっぱりあの件だ。忘れかけていた緊張感が蘇《よみがえ》って来る。そのとき、昴がわたしの背中をぽんと叩いた。

「心配するなって。課長に全部任せろ」

「う、うん」

いつも通りの笑みを浮かべる昴に頷きながら、準備を終えた課長と会社をでた。課長の運転する車はやはり私鉄の本社ビルに向かっていた。谷本さんの顔がチラつく。やはり直接謝罪しなければいけないだろう。

「課長。ご迷惑をおかけして本当にすみません」

わたしがそう言うと、運転中の課長がちらりとこっちを見る。

「あれ？　伊勢谷から聞かなかったか？」

「え？」

「半分俺を脅す勢いで、宮崎の居場所と実家の住所を聞きだしたんだ。教える代わりに、会ったら状況をちゃんと説明するように言っておいたんだが」

及川課長が笑いながら言った。

ああ、だから昴は実家まで来られたんだ。ずっと謎だった事実にようやく納得する。向こうで何度昴に聞いても、『課長が教えてくれた』としか言わなかったのだ。谷本さんの件については、わたしが行動を起こす前から課長に相談していたと聞いていた。

「話は聞きました。でも、わたしが暴言を吐いたことは変わりませんから」

どんなことがあっても、取引先に対する無礼な言動は許されない。

「反省してるならいいさ」

課長は特に気にする風もなくそう言い、来客用駐車場に車を停めた。

さっさと歩く課長に続く。何度も訪れている場所なのに、いつも以上に緊張した。課長が受付で名前を告げると、会議室に通された。

席に座っても落ちつかない。どんな顔をして谷本さんに会えばいいのかわからない。何度目かのため息をこっそりついたとき、会議室の扉が開いた。ハッと顔を上げると、入って来たのは後藤さんと、見慣れない男性だった。

「おはようございます。新年早々お呼び立てしてすみません」

後藤さんはそう言い、わたしに向かって頭を下げた。

「宮崎さんには大変失礼なことをしまして、申し訳ありませんでした」

「えっ、いいえ。わたしこそ申し訳ありません」

慌てて立ち上がり、机に頭がつく勢いで頭を下げる。

「いやいや。完全にわたしの監督不行き届きです。及川課長と伊勢谷さんから話は聞いていますし、こっちも裏づけを取りました。お恥ずかしい話、他にもいろいろとあったことがわかりまして」

後藤さんが本当に情けないといった表情を浮かべる。どうやら谷本さんは、いろんなところで同じようなことをしていたようだ。

「昨年末をもって、谷本は担当から外しました。本年からはこの本橋《もとはし》が担当になります」

紹介された男性は、後藤さんよりも少し若い、穏やかそうな方だった。

わたしを見て、頭を下げる。

「この度はご迷惑をおかけしまして申し訳ありません。これからどうぞよろしくお願いします」

「あ、あのこちらこそ」

頭を下げようとして、ふと止まる。わたしは、今どの立場にいるのだろう。困惑したまま顔を上げると、それを察したらしく後藤さんが慌てて言った。

「谷本が勝手をしましたが、わたしが契約したのはあなたですから、これからも宮崎さんにお願いします」

及川課長に目をやると、課長も頷いていた。

「はい。こちらこそよろしくお願いします」

改めて頭を下げる。ずっと心のどこかにあった不安が消えていく。なにもかもが、わたしの手の中に戻って来たのだ。

軽くなった気分で会社に戻ると、営業部のみんなが部屋の真ん中に集まっていた。どうやら帰省のお土産《みやげ》を配っているようだ。すっかり忘れていたと、自分の机に荷物を取りに行く。

「伊勢谷の温泉まんじゅうは残ってるか？」

課長が楽しそうにその輪に入った。苦笑した昴が、お菓子の入った箱を課長に差しだす。それは、わたしが持って来たものとまったく同じものだった。

ああなんてこと。お母さんったら、昴にも同じものを持たせたんだ。冬休みの間、一緒にいたことが課長以外のみんなに知られてしまったじゃない。

一人焦るわたしを横目に、手元から奪われたお菓子があっという間に開封される。

「あの日の伊勢谷の慌てぶりを宮崎にも見せてやりたいよ」

同僚の一人がわたしに言った。

「どんなときでも冷静沈着だと思ってたけどな」

他の誰かが言い、笑い声が起きる。怒ればいいのか呆ればいいのか、迷うところだ。お菓子云々の前に、どうやら昴はかなり大騒ぎを起こしていたらしい。説明をしなくても、わたしたちの状況は全員に知れ渡っているようだ。

昴は苦笑いを浮かべたまま、わたしに向かってこっそりウインクした。


定時を過ぎて会社をでて、昴と夕食を食べようと店に向かう道すがら――

「どうしてお母さんったら同じものを渡すのよ」

わたしがキレ気味に言うと、昴が笑った。

「偶然だろ。それに、違うものを買っても場所が同じなんだから、どっちにしろバレるだろ」

嫌味《いやみ》なくらい冷静だ。わたしがむっとしていると、昴に手を取られた。手のぬくもりを感じながら、空を見上げる。ビルの隙間から見える夜空に、星は見えない。あの夜の海で見た空とはまったく違う空。あの無数の星は、ここでは見えない。

「俺がそばにいるだろ」

低い声が聞こえた。上を向いていた視線を昴に移す。

「それからこれも」

昴がそう言いながら、わたしの首もとに指を入れ、ペンダントの鎖《くさり》を引っかけて取り出した。もらったときから、片時も忘れずつけ続けているわたしだけの星。昴には言ったことがなかったのに、見破られたことが少し悔しい。

わたしをじっと見つめる昴の瞳は楽しげで、街灯の光を受けてキラキラと輝いている。

「そうね」

つないでいる手をぎゅっと握ると、昴も握り返した。

夜空に光るあの星々よりも、すぐそばになによりも輝く星がある。それはわたしだけの星だ。だからわたしはここで暮らしていこう。

「また星を見に行くか、今度こそ二人で」

ただの暗い空を見ながら昴が言った。

「そうね、二人で」

空を見上げるときは二人で。

二人きりの天体観測。それは、夜空に散らばる無数の星の数だけ続くだろう。

夏の星図に誓いの言葉

1

恋人ができると、こんなに日々の生活が変わるものなのだなと実感したのは、お正月休みが明けて数日が経ったころだった。

年末に逃げるように休んでしまったしわ寄せはそれなりにあって、連日定時を過ぎても仕事が終わらないわたしを、昴は当然の顔をして待っていた。

「先に帰ってもよかったのに」

最後の書類をプリントアウトしてファイルに挟んだところで、隣の席で文庫本を読んでいた昴が顔を上げた。

「つれないねえ、奈央ちゃんは」

茶化すように笑いながら、閉じた文庫本を机の引き出しに仕舞う。

帰り支度を終え、誰もいなくなった営業部の電気を消して、昴とエレベーターに向かった。

「夕飯くらい一緒に食わせろよ。同じ会社とはいえ一緒にいる時間は短いんだから。愛を深めるにはこの時間くらいしかないだろ」

昴がしれっとそう言った。思わず脚が止まる。どうした？　って振り返った昴の腕をバンッと叩いた。

「ちょっとっ。そんな恥ずかしいこと、こんなとこで言わないでよ！」

誰もいないとはいえ、まだ会社の中だ。同僚から恋人に変わって、昴との距離は近くなったけれど、会社では今までと同じでいたい。けれど、一緒にいられる時間は最大限一緒にいるというのが、昴のスタンスのようだった。そういうわけで、昴は会社であってもわたしにフランクに接する。その距離の近さに、まだ慣れない。

「別にいいだろ、隠してるわけじゃないんだから」

昴は憎らしいくらい爽《さわ》やかに笑って、エレベーターのボタンを押した。

そう、昴はわたしとのことを隠さない。だから、元々超絶有名人な彼の恋バナは、会社全体に広まりつつある。今のところ、営業部とその周りしか知らないけど、本人がこの調子なので皆に知られるのは時間の問題だ。

昴はわたしにとって輝ける一番星だけど、この会社の大概の女子の憧れの対象でもある。だからわたしに対する風当たりが強くなることは覚悟している。覚悟はしているけれど——できれば穏便にすませたい。

「明日の全社員参加の新年会で、とことん聞かせてもらうからね」

と、怒り半分、呆れ半分の一美からそう言われたのは、今日の昼間のことだった。去年のクリスマスにメールして以来、なんだかんだで一美にはまったく連絡をしていなかった。噂を耳にしていた彼女は今日まで我慢をしていたようだけど、結局、耐えかねて押しかけて来たのだ。わざと避けていたつもりはないけれど、なんとなく言いづらかったのは事実。一美の怒りも理解できるので、そこは大人しく頷いた。

昴と二人で夕食を一緒にとり、別れ際の駅の改札で昴が言った。

「で、明日の新年会でるだろ?」

「まあ」

「そのあと、泊まりに行くから部屋の掃除しとけよ」

「えっ……」

思わず固まったわたしを昴が睨《にら》む。

「お前、せっかくの週末を一人で過ごさせる気か?」

「あ、いや。ごめん」

どうしてわたしが謝るんだろう。

「じゃあよろしくな」

機嫌を戻して、昴がわたしの頭を撫でた。その手が髪をすべるように動き、名残惜しげに離れる。改札を抜ける昴の背中を見ながら、ドキドキする胸を手で押さえ、小さくため息をついた。急激に縮まった距離に、やっぱり慣れない。

誰が掃除なんてするもんか――。帰りの電車の中でそう思いながらも、立ち寄ったコンビニでゴミ袋を買ったなんて、昴には絶対に教えてやらない。

新年会は、会社近くの中華料理店を貸し切って行われた。社長の挨拶《あいさつ》から始まったそれは羽目を外すにはちょっと堅苦しい。結局は二時間後に有志で集まった二次会の方が、断然盛り上がった。

本日二度目の乾杯をしたところで、一美に引っ張られて席に着く。そこにちゃっかり昴もついて来て、周りを余計に驚かせた。

「聞きたいことは山ほどあるんだけど。とりあえず、あの噂は本当なの？」

わたしと昴を交互に見ながら、一美が言った。

「本当だ。正月には奈央の実家にも挨拶に行ったんだ。な？」

どの噂だとわたしが聞く前に昴がさらりと言い、にっこりと笑みを浮かべてわたしを見た。反射的に頷くと、一美が目を見開き、いつの間にか周りに群がっていた女子社員から、声にならない呻《うめ》くようなざわめきが聞こえた。昴のやけによく通る声は、その場にいた全員に届いたようだ。

ちっと舌打ちした一美が、わたしだけを引っ張って、壁際のテーブルに移動した。隣に座り、こっちに来ようとした昴を手で制す。顔をしかめた昴が、取り残されたテーブルで女子社員に詰め寄られているのが見える。

「奈央、伊勢谷とのことと、あんたが早めに冬休みを取ったことと、なにか関係があるの？」

一美がズバリと言った。

「なくも、ない」

「詳しく話す気はあるんだよね？」

ビールの入ったグラスを目の前に置き、おつまみも何品か並べ、がっつりと聞く態勢に入った一美に、仕方なく一連の話をした。

社会人らしからぬ嫉妬《しっと》に駆られた行動は、結果いろいろな人に迷惑をかけた。それを一から話すのは、一種の拷問だ。

「つまり、奈央はずっと伊勢谷を意識していて、ここに来て当て馬が現れたことで一気に感情が爆発したと。で、ついでに伊勢谷も便乗して二人で盛り上がっちゃったと」

話を聞き終えた一美が言った。

そんな風に身も蓋もない言い方をされると、ものすごく恥ずかしい。当て馬って誰のことよ？ ああ、谷本さんか。

「……まあ」

曖昧《あいまい》な返事をすると、一美が納得したように頷いた。

「まったく水臭いんだから。ちょっとはわたしにも相談してよ。何年友達やってると思ってるのよ」

怒ると言うよりも、少し寂しそうな一美の様子に、いまさらながら反省した。

「ごめん」

「まあいいわよ。その代わり、しばらくわたしからの飲み会の誘いは断らないでよね」

やっぱり。この前立て続けに断ったことを根に持ってるんだ。それとこれとは話が違う、と思わなくもないけど――

「わかった。善処するわ」

わたしはそう答えた。

「でもまあ、そんな感じはしたんだよね。伊勢谷って、前から奈央ばっかり構ってたし」

「そうなの？」

意外な言葉に首を傾げる。昴は誰に対しても、あんな感じだと思っていた。

「そうなのよ。伊勢谷って、今まで何度も女の子に言い寄られてたけど、好きな人がいるってずっと断ってたの。それに、飲み会にもあんまり顔をださないし、来たとしても女の子の隣には座らないもん」

「そうだっけ？」

自分が参加した数少ない飲み会を思い出しても、昴の周りにはいつも女の子が沢山いた記憶がある。ちらりと昴に目をやると、いつの間にかそのテーブルには同期の男性社員らが加わって、かなり賑《にぎ》やかになっていた。

「自らってことよ。自分からは女の子の隣に行かないし、そんなに話しかけない」

わたしの視線の先を見て、一美が言う。確かに、今も昴の隣に座っているのは同期の男性だ。楽しそうに話している昴の視線がこっちに向いた。目が合っただけで、心臓がドキンと鳴る。

「でも、奈央には話しかけるんだよね」

一美の楽しそうな声に慌てて視線を戻した。

「え？」

「だから、奈央には自分からちょっかいをだすのよ」

入社以来、同じ部署ということもあって、昴といる時間は長かった。からかわれることも多かったけど、それは同期ゆえの気安さだと思っていた。

「そうなんだ」

「そうなのよ。伊勢谷ってああ見えて子どもっぽいのねえ」

楽しそうな顔で一美が答えた。

尋問《じんもん》を終え、とりあえず機嫌の直った一美が本格的に飲み始めた。しばらくつきあったところで、お手洗いに行くために席を立つ。

洗面所で手を洗いながら、鏡に映った少し頬の赤い自分の顔を見つめた。見慣れた顔のはずなのに、今までとはどこか違う風にも見える。言葉にするなら、満ちたりている。それが昴のおかげだということは、誰に指摘されなくても理解できた。

なんとなく気恥ずかしくなりつつ、トイレからでたところで突然腕を取られた。驚きのあまり、声がでない。気がつくと、女子社員三人に取り囲まれていた。どれも、昴のそばでよく見る顔だ。

これは――もしかしなくても、修羅場《しゅらば》というヤツでは!?

昴とのことが公《おおやけ》になるってことは、こういう展開もありうるかもとぼんやり思っていた。でもまさか現実にこんなことになるとは。

「宮崎奈央、さん。ちょっといい？」

ダメとは言わせないオーラを全開にして、一人が詰め寄って来た。

「な、なんでしょう？」

「別れるなら、早い方がいいと思うの」

もう一人が、なんの前置きもなくそう言った。思った以上にストレートだ。

「どうせ遊びなんだから、いい気にならないでください」

「つりあわない相手とつきあうなんて、疲れるだけよ」

口々に投げつけられる言葉は、あまりにも陳腐《ちんぷ》過ぎて笑いそうになる。どうしたものかと思ったけれど、下手に反論すると余計にこじれそうだ。

つりあわない相手だということは、最初からわかっている。だって昴は一番星なんだから。それは、この先も変わらない。でも、たとえ真実でも言われっぱなしは腹が立つ。

「……そう言われても、これぱっかりは仕方がないことで」

あんたたちには関係ないでしょと言ってしまうのは簡単だけど、それでは火に油を注ぐことになるのは目に見えていた。彼女たちの気持ちもわからなくはないから。

言葉を選んでそう答えると、一番年齢が上と思われる女性からさらに睨《にら》まれた。

「だから、あなたから離れてって言ってるのよ」

三人にさらにぐっと囲まれた。わー、やっぱりピンチかも～と、呑気に考えたとき——

「そういうことは、勝手に言わないでくれる？」

突然低い声が割って入った。みんながバッと振り返った先には、機嫌の悪そうな顔をした昴の姿が。彼女たちが見るからに動揺する。

「長い時間かかって、ようやくつきあえるようになったのに。俺の苦労を台無しにしないでもらえません？」

昴がそう言いながら、彼女たちの間を縫ってやって来て、わたしの腕を取った。軽く引き寄せられ、そのまま昴の背後に隠される。昴の背中越しに、うろたえた彼女たちの顔が見える。

「い、伊勢谷くん」

「じょ、冗談よ。そんな怖い顔しないでよ」

さっきまでとは違う、誤魔化《ごまか》すような笑い声が重なる。

「冗談にしては度が過ぎるでしょ。暇つぶしなら、他でやってください」

珍しく怒気を含んだ声で昴が答えた。そして彼はそのままわたしの手を取り、二人でみんなのところへ戻った。

「奈央、大丈夫だった？」

待ち構えていたように一美が言う。その隣に座ると、今度は昴も一緒に座った。

「あとを追うように彼女たちが出て行ったから、伊勢谷がなんだか怪しいとか言って、追いかけたんだけど」

「うん、まあちょっとからまれたくらいで」

答えると、一美が肩をすくめた。

「まったく。人気者とつきあうと大変ねえ」

一美がニヤリと笑うと、昴が憮然《ぶぜん》とした顔になった。

「公言しとけば、静かになると思ったんだけどな」

「女を甘く見過ぎなのよ。奈央もしばらくは気をつけなよ？」

具体的になにを？　と思ったけれど、怖いからやめた。こんなことはこれからもあるだろう。同性から否定の言葉を投げつけられるのはかなり凹《へこ》むし、なにより面倒くさい。けど、まあ長い間営業で鍛えられたので、メンタルはそこまで弱くない、と思う。

その後、しばらく平和に飲んで、新年会はお開きになった。さっきからんで来た女性たちはいつの間にか帰ってしまったようだ。

大勢で駅に向かい、同じ改札に向かう昴とわたしに、課長から冷やかすような声がかかる。

「今年はいい年になりそうだな、伊勢谷」

「期待しといてください」

昴は楽しそうにそれに答えた。わたしはというと、恥ずかしくて顔が上げられない。

いつも一人で乗る電車に、今日は昴と二人で乗る。なんだか、わけもなくドキドキした。最寄り駅でおりると、昴が駅前のコンビニに入るなり買い物カゴに下着を放り込む。

「ちょ、ちょっと！　なんでそんなの買うの？」

思わず声をかけると、昴がわたしの顔を見た。

「用意してくれてるなら、言えよ」

は？　なにを？　パンツを？

「買ってるわけないじゃない！」

「じゃあいるだろ。ボケてんのか？」

昴はそう言いながら、今度は歯ブラシをかごに入れた。いわゆるお泊まりセットだ。

「このまま一式、お前んちに置いとくからな」

上機嫌で買い物をする昴について回るのは恥ずかしいので、自分もカゴを持って別行動し、飲み物や明日の朝食になりそうなものを選んだ。

「貸せよ、一緒に買うから」

「え、いいよ」

「いいからいいから」

昴はわたしの手からカゴを奪い、さっさとレジをすませた。買い物袋を両手に持って店をでる。

「半分持つけど」

言いながら片手をだすと、昴が買い物袋を片手にまとめ、荷物のない手でわたしの手を取った。

「荷物じゃなくて、こっちだろ」

つながれた手は温かくて、真冬の寒さを忘れそうになる。

「もうっ」

恥ずかしくて顔を逸らしたら、つないでいる手をぎゅっと握られた。

昴と手をつないで、アパートまでの道を歩いていることが、なんだか信じられない。見上げた先には夜空があって、いつもと変わらないわずかな星が見える。見慣れたはずの空なのに、今は少し違って見えた。

2

アパートの階段を先に上がり、ドキドキしながら部屋の鍵を開けた。

「狭いけど」

そう言って、ドアを開けて昴を中に入れる。

「へえ、結構片づいてるじゃん」

玄関で靴を脱ぎつつ昴が言った。昨夜、日付が変わるまで片づけをしたんだから当然だ。

玄関を開けてすぐにあるキッチンは三畳ほどで、シンクと冷蔵庫、食器棚がある。その奥は八畳のフローリング。クローゼットがあるので、荷物はまあまあ隠せている。部屋にはテレビとこたつ、カラーボックスが何個かと本棚が置いてある。布団は収納場所がないので、畳んで部屋の片隅に寄せていた。

必死で片づけたけど、まじまじと見られるとやっぱり焦る。

「荷物ちょうだい、冷蔵庫に入れるものあるし」

こたつの電源を入れ、昴から荷物を受け取る。一応、昴が買った歯ブラシは、洗面台のわたしの歯ブラシの横に置いた。なんだかすごく照れくさい。

下着が入ったままの袋を昴に返すと、にやりと笑われた。

クローゼットからハンガーをだし、自分と昴のコートとスーツのジャケットを受け取って中に吊るす。いつもなら自分もスーツを脱いで部屋着に着替えるところだけど、さすがに昴の前で着替えるのは気が引ける。せめてもう一部屋あればよかったかしら。

「お風呂入れて来るから、こたつに入ってて」

昨夜ざっと掃除したお風呂場を再度確認して、お湯をためる。もしかしなくても、昴も入るよね。考えるだけで緊張して来た。

部屋に戻ると、ネクタイを外した昴がこたつに入ってテレビを見ていた。

「なんか飲む？」

「お茶がいい」

「はいよー」

冷蔵庫からさっき買ったペットボトルのお茶をだし、こたつの上に置いた。ついでに、実家から持って帰って来たお菓子をだす。

「お前はまだ食うのか？」

お菓子の包み紙を開けるわたしを見て、昴が呆れた声をだした。

「だって。あんまり食べてないんだもん」

一次会はお偉いさんがいてそんなに飲み食いできなかったし、二次会は一美に延々と説明するのに、ほとんどの時間を費やした。なので、到底お腹いっぱいとは言いがたい。ぽりぽりとお菓子を食べているわたしを見ながら、昴もお菓子に手を伸ばして言った。

「奈央」

「なあに」

「次にああいうことがあったら、すぐ言えよ」

「……ああいうことって？」

昴の顔を見ると、少し困ったような顔をした。

ああ、さっきのことね。相手が女性とはいえ、大勢に囲まれるのは確かに勘弁願いたい。

「だいたい、昴がみんなに言うからややこしいことになるんじゃない」

「嫌だったのか？」

そのちょっとだけ傷つきましたって顔、やめて欲しい。

「嫌じゃなくて、恥ずかしいの！」

「うちの会社、社内恋愛って結構オープンなんだぜ。知らないのか？」

「知らないわよ」

「企画部の東堂《とうどう》課長だって、自分の部下と結婚してるんだ。あの二人の馴れ初めもかなり有名だぞ」

企画部の課長といえば、超強面《こわもて》で有名な人だ。その割りに、ものすごく可愛らしい商品を沢山デザインしている。そういえば、奥様もこの会社の人だったっけ。

「飲み会で奥さんの方が課長に堂々と告白した話は、今でも語り草らしいぞ」

どこでも似た話はあるのね。そう思いながら、機嫌のよくなった昴を見る。普通の男なら、そういうのって照れくさいと思うものじゃないの？　昴がこんな風だとは思ってもみなかった。いや、そんなこと考えたこともなかった。

「奈央」

かけられた声にわれに返ると、昴がわたしをじっと見てた。

「なあに」

お菓子を持ったままの手を握られた。ぐっと近づいて来た端整な顔に、心臓がドキドキする。

「風呂、大丈夫か？」

わたしのすぐ目の前で昴が言った。

ふろ？　お風呂？　ハッと顔を上げ、慌てて立ち上がる。お風呂場の戸を開けると、もうもうと湯気が立ち昇っていた。今にもバスタブからお湯があふれそうだ。

「うわっ」

声を上げながら、蛇口のお湯を止める。ギリギリセーフといったところか。手を拭きつつ部屋に戻ると、昴がこたつの上を片づけていた。

「あ、ごめん。やるわよ」

「いや、こっちはいいから、着替えの用意しろよ。もう遅いし、一緒に風呂に入るぞ」

「えっ」

驚いて声を上げても、昴は片づけの手を止めない。

「別々に入ってたら時間がかかるだろ」

さらりと言い、こたつを少し避けてスペースを作った。そして、テキパキと布団を敷き始める。

「ええっ」

呆然と突っ立っているわたしを一瞥《いちべつ》し、昴が笑う。

「ほら、早く」

その声に急《せ》かされるように、二人分のバスタオルと自分の着替えを用意するためクローゼットを開ける。その間に昴は、さっき買った自分の下着を持ってお風呂場に向かっていた。

1Kの部屋に脱衣所なんてものはなく、昴はキッチンに面したお風呂場の前で服を脱ぎ、近くにある洗濯機の上に置いていく。目のやり場に困っていると、昴はさっさと全裸になって中に入りシャワーをだした。

裸の昴を見たことがないわけじゃない。それに、いまさら恥ずかしがるような歳でも関係でもないことも、理解している。けれど、自分の部屋に昴がいることが、まだ信じられなかった。

お風呂場の前でどうしようかと悩んでいると、バッと戸が開いた。中から湯気と濡れた手が伸びて来て、わたしを浴室に引き込む。

「早く脱げよ」

そう言いながら昴の手が器用にわたしの服を脱がせて洗濯機の上に放った。

「ちょ、ちょっと待ってよ」

「お前が遅いの」

あっという間に全裸にされ、頭からシャワーをかけられた。

「ちょっと！」

「大声だすなよ。近所迷惑だろ」

昴はわたしの髪をたっぷりと濡らし、シャンプーをつけて洗いだす。

「自分でやるわよ」

「いいから」

昴の長い指が、髪の間をすべり地肌をマッサージするように動いていく。まるで美容院で洗ってもらっているかのようだ。気持ちよさに目を閉じて、髪を洗い流す昴の指を感じていた。

昴がわたしにキスをしたのはそのときだった。彼の指はまだわたしの髪を洗っている。反射的に昴の濡れたからだに手を回すと、その指に少しだけ力が入り、さらに引き寄せられた。

合わさった唇。歯列をなぞって口の中に入って来る熱い舌が、わたしの舌をからめ取り、そっと吸う。疼《うず》くような、ぞくぞくとする快感がじわじわと湧き上がって来る。

キスを続けながら、髪を洗い終えた昴が、今度はからだに手を伸ばす。泡立てられたボディソープでわたしのからだをなぞる昴の手はどこまでも優しく、そして力強い。

そしてその手が、さっきから熱く疼いている場所に触れた。

「やっ」

抱きあったまま、からだを捩《よじ》る。唇から耳元に移った昴の口から、フッと笑い声が聞こえた。

「じっとしてろよ」

昴の指が撫でるようにそこを往復する。その動きはじれったくて、余計にからだが捩れる。愛撫とは少し違う、ただ洗うだけの動き。それなのに、じわりじわりとせり上がって来る快感。泡だらけのからだで昴にしがみつき、自分を支えた。

くすくすと笑う声に顔を上げる。わたしを見下ろす昴の顔は、濡れた髪のせいもあるのか、妙に妖艶《ようえん》に見えた。

「顔、洗うんだろ」

昴の濡れた指が頬に触れた。

「うん」

化粧に時間をかけるタイプではないから、クレンジングと洗顔も一度ですませていた。シャンプーの横に置いてあるクレンジングフォームで顔を洗い、ついでに全身の泡もシャワーで洗い流した。

なみなみと湯の張ったバスタブに昴が先に入った。あふれたお湯が床を流れる。昴に引き寄せられるようにバスタブに入り、窮屈《きゅうくつ》そうに脚を曲げて座る昴の上に重なるように座った。めいっぱいためたお湯は二人分の体積でほとんど流れてしまう。

あー、もったいない。二人で入るなら、お湯は少なめでいいんだな、なんて密かに思っていたら、昴の腕がお腹に回る。

お湯の温かさと、別の熱がからだの温度をぐんと上げていく。

「奈央」

耳元で昴の声が聞こえた。ささやくような低い声にゾクリとして、頭を仰《の》け反《ぞ》らせて昴の肩に押しつける。その唇が耳にキスをする。甘く噛まれ、それだけで痺《しび》れそうだ。

「あ……」

思わず上げた声が、狭いお風呂場に反響する。昴の手が、お湯の中でわたしのからだをゆっくりと撫でる。

「ここと布団とどっちがいい？」

濡れた唇が、濡れた耳元でささやく。その声はとろけそうなほど甘い。

「このままじゃのぼせちゃう」

すでに息が上がっている。冷えたからだに熱いお湯は気持ちいいけれど、このまま続けたら言葉通りのぼせそうだ。

「まあ、ちょっと窮屈だしな」

耳元で昴の笑い声がした。一人暮らし用のお風呂は、間違っても二人で入るような広さではない。

昴はわたしを抱えるようにして立ち上がり、バスタブからでると、戸を開けてバスタオルを持って来た。広げたタオルでわたしを包む。

「髪はあとで乾かしてやる」

昴がそう言いながら、わたしの髪をわしわしと拭いた。

用意した着替えを着ることもなく、二人で布団に倒れ込むようにして抱きあう。

唇が重なる。何度も角度を変え、お互いの舌をからめた。昴の手は性急だけれど、優しく動いている。それだけで頭の中が痺《しび》れそうだ。

キスが唇から胸元に移り、柔らかく揉む手と相まって冷めかけていた体温がまた上がる。

「は、あ……」

自分の口から漏れる声は驚くほど甘い。からだの中心が疼《うず》くように熱くなっている。もっと刺激が欲しくて、昴の背中に腕を回す。それに応《こた》えるように昴の手が脚の間に入り、すでにお湯ではない別のものでしっとりと濡れたそこに触れた。

昴の頭が下がると同時に、わたしの脚が大きく開かれた。

「ああ」

敷き布団をぎゅっと握り、からだを仰《の》け反《ぞ》らせる。その間で、昴が淫《みだ》らな音を立てた。

「やあっ……」

襞《ひだ》をなぞる舌が、敏感な突起を弾く。からだが震えるたび、わたしの中から愛液があふれて来る。

そっと入って来た指が優しく中をさぐり、その蜜を塗り広げていく。

「あっ、は、ああ……」

続けざまに与えられる快感につま先が震える。からだがビクンと跳ねるように動き、自分で止めることができない。強くなる刺激と比例するように、快感の波は大きくなり、急激に全身を駆け抜けていった。

「す、すばる、昴っ」

布団を握り締めていた指が宙を彷徨《さまよ》う。その手を、昴の手が握った。

「奈央」

低い声が近くで聞こえた。閉じていた目を開けると、目の前に昴の顔がある。そしてすぐに唇が重なった。激しく動く心臓が、昴のそれと重なる。

汗ばんだからだを抱き寄せた。濡れた脚の間はまだジンジンと疼いている。求めるようにあふれ続ける蜜がわたしをさらに濡らしていく。

キスをしているだけなのに、疼《うず》きが止まらない。ぼうっとした意識の中、昴のからだが少しの間離れ、準備を終えて戻って来たことにも気がつかなかった。

昴の手が太ももを大きく開いた。恥ずかしいと思う間もなく、たっぷりと濡れたそこに、熱い塊《かたまり》の切先が押し当てられる。くちゅっと音を立て、ぐっと押し広げられるように中に入って来る。

ほんの少しの違和感と、ひとつになれることへの喜びが交錯《こうさく》する。

「奈央」

昴の声とともに、さらに深く入って来る。ぴったりと隙間なく二人のからだが合わさった。自分たちが、まるでお互いのためだけに作られたのではないかと錯覚すらしてしまう。

昴の腰が動く。そのたびにくちゃくちゃと濡れた音が部屋に響いた。

声を抑え、昴の首元に顔を埋める。背中に回した手に力を入れ、中を擦《こす》られる感覚を追う。

「あっ、あっっ。あん」

普段からは考えられない甘い声が、自分の口から漏れる。

「いい声。もっと聞かせろよ」

笑いを含んだ声が耳元で聞こえた。

「や、だっ」

「家族に聞かれるよりはいいだろ」

「えっ!?」

昴の言葉に、パッと目を見開く。わたしの反応に、昴がさらに笑う。

「誰も聞いちゃいないよ。多分な」

そう言いながら、ぐっと腰を押しつける。

「あ……っ、やだ」

奥深くを突かれ、叫びそうになるのを懸命に堪《こら》えた。

「声、我慢するなって」

「だ、だって」

他の住人とは、顔も思い出せないほど接点はないけれど、恥ずかしいものは恥ずかしい。

「お前の可愛い声がないとつまらない」

「なっ……」

こんな状態で、もっと恥ずかしくなることがあるのだろうか。上気した顔がさらに赤くなった気がする。そんなわたしを見ながら、昴が腰を回して中を擦り上げる。

「あんっ」

仰《の》け反《ぞ》ったわたしを昴が抱きしめた。ぎゅっと抱きあったまま、昴が今までより速く、強く動く。

「ああっ、あんっあんっああ」

跳ねるたびに声があふれた。

「やっぱ、声抑えろよ」

笑いを含んだ昴の声が聞こえる。

「だ、誰のせいよっ」

「俺かな」

さらりとそう言い、昴が唇にちゅっとキスをした。緩《ゆる》い動きで絶えず与えられる快感。声は抑えられても、弾む息は途絶えない。

深く深呼吸して、昴のからだを抱きしめる。

「昴のせいよ」

「ああ」

「昴が悪いの」

「そうだな」

楽しそうな声が、からだの内側から聞こえるようだ。

「その声は、俺だけに聞かせろよ」

「ああんっ！」

深くを突かれ、声が上がる。

「だから、俺だけにしろって言ったろ」

昴がそう言ったのと同時にキスで唇を塞《ふさ》がれた。腰の動きはさらに強く、速くなり、快感の波がどんどん迫って来る。

自然とでる声は、すべて昴の唇の中に消えていく。

わたしの内側が昴自身をぎゅっと包み込むように締めつけているのがわかった。

「くっ」

重なった唇の間から、昴の声が漏れる。そこで、昴が動きを止めた。さっきまで目の前にあった絶頂が遠ざかっていく。思わず不満を感じてからだを揺らすと、昴の低い笑い声がした。

「まだこれからだ」

そう言うと、わたしの中からいなくなった。圧倒的な存在感がなくなり、内側にぽっかりと穴が空《あ》いたようだ。

「昴、いや」

「可愛いこと言うなよ」

昴がまた笑い、わたしの額《ひたい》に口づける。それから、わたしのからだをひっくり返した。

「えっ、あっ」

うつ伏せになったわたしの背中に、昴の唇が触れた。くすぐったさと見えない不安に、心臓がドキドキする。背中へのキスを繰り返しながら、昴の手が背筋に沿って徐々に下がっていく。ゾクゾクする快感に、思わず仰《の》け反《ぞ》った。

昴の手がわたしのお尻に触れた。手のひらで丸く撫で、割れ目に指を這わせる。さっきまでの行為でそこもたっぷりと濡れていた。

「いやっ」

「声、抑えろって」

昴の楽しそうな声が聞こえた。慌てて枕に顔を押しつけるものの、その間も昴の手は止まらない。

後ろから割れ目を撫で、ぬかるんだそこに指を浸《ひた》した。

「ああっ」

まだ疼《うず》いているそこを、昴の長い指が何度も行き来する。また与えられた快感に、知らぬ間にお尻が持ち上がる。

昴はわたしの太ももに手をかけ、脚を開かせた。恥ずかしい場所が露《あら》わになっているのに、昴を求めることしかできない。

その昴のからだが脚の間に収まる。わたしのお尻に手を当て、そして、ジンジンと疼くそこに、熱い高まりが触れた。

「す、ばる、早くっ」

わたしの声に応《こた》えるように、ゆっくりと昴が入って来た。後ろから押し広げられる体位に、背徳的な気持ちになる。同時に痺《しび》れるような快感が走った。

「ああ、だめ」

いつもよりも深い場所に昴を感じる。苦しいのに、もっと彼が欲しい。

昴にからだを揺さぶられ、枕を握った手に、昴の手が重なった。ぎゅっと握り込まれ、背中に昴の胸が重なる。体重が加わり、ほんの少し息苦しくなる。だけどそれすらも心地いい。

昴の唇が耳に触れた。舌が耳の中を舐める音がダイレクトに響く。

「はあっ」

くすぐったさと気持ちよさがまじり、ゾクゾクするような快感がとまらない。昴が追い立てるように激しく動き、そのスピードを上げていく。最奥を何度も突かれた。

「ああっ、いや。い、くっ」

耳の中まで舐め回る舌の動きを感じながら、わたしはあっという間に絶頂に駆け上っていた。内側が快感で震える。昂自身を何度も締めつけ、彼の脈すら感じるようだ。

「はっ」

わたしの耳元で昂が息を吐いた。スピードを緩《ゆる》め、耳に一つキスをする。握っていた指が離れ、わたしの顔の横に手をついた。そのままぐっとからだを上げる。熱が消えた背中が寒い。荒く息を吐きながら、顔を横に向けた。

「奈央、こっちを向け」

息を弾ませて昂が言った。

「え？」

わたしが答える前に、昂が器用にわたしのからだを反転させた。しかも、まだつながったままだ。

「ちょっと！」

声を上げたときには、目の前に昂の顔があった。うっすらと上気した頬と潤《うる》んだ瞳に言葉を失う。

「最後は、奈央の顔を見ながらしたい」

艶《あで》やかな顔でニヤリと笑った。腕を伸ばして昂の首にからめ、引き寄せてキスをした。昂の唇を舌でこじ開け、歯列をなぞる。すぐにわたしのからだにも昂の腕が回り、キスが返された。

そしてそれが合図のように、昂がまた激しく動きだした。汗ばんだお互いのからだを抱きしめあい、与えられる快感に身を任せる。さっき絶頂を迎えたそこが、またジンジンと疼《うず》きだす。昴の動きがさらに速くなり、心臓が壊れそうなほど速く動く。つま先が痺《しび》れ、それがだんだんと全身に広がっていく。

「はっ、あっ、ああっ」

息苦しくて唇を離し、昴の首にしがみついた。快感は嵐のように全身を走り、わたしをまた一気に高みに押し上げた。

ぴたりと合わさっていた昴のからだが離れた。仰《の》け反《ぞ》ったわたしの背中に腕が回る。太ももが大きく開かれ、さらに奥深くを突かれた。

「あっ、ああっ」

「な、お」

昴になんとか視線を合わせる。彼は眉間にぎゅっとしわを寄せ、少し苦しそうにも見えた。

そして彼はわたしの目を見つめたまま、もうこれ以上は入らない、という奥にまで入って来た。わたしの内側で昴が震えるのを感じる。ビクビクとひくつきながら、昴のそれを締めつけてるわたしの内側。

見つめあったまま、昴が何度も奥深くを突き、すべてをだし尽くす。

力の抜けた昴のからだを受け止め、汗まみれの背中を抱きしめた。心臓の鼓動はまだ速いままだ。息も荒い。昴のからだは重くて熱いけど、うっとりするほど幸せだった。

ようやく腕をついて昴がからだを起こした。両手でわたしの頬を包み、唇にキスをする。それから、わたしの中からゆっくりと引き抜いた。なんとか後始末を終えた昴が、またごろんと寝転がる。

「髪は、朝、直してやる」

絞りだすようにそう言うと、掛け布団と毛布をかけ、部屋の電気を消してわたしを引き寄せた。

おやすみと声をかける前に、昴の寝息が聞こえた。呆れつつも、しっかりと回された腕がうれしい。

首を上げて窓を見た。シャッターを閉め忘れた窓の隙間から、真冬の空が見える。すぐ目の前にある昴の寝顔を見て、自然と笑みがこぼれた。その首すじに顔を埋めて、わたしも目をそっと閉じた。

3

悪いことのあとにはいいことがある。そんなことわざがあるけれど、それを実感したのは初めてだった。

昨年末、散々な思いをした私鉄駅ビルの仕事は、年が明けてから驚くほど順調に進んだ。新しく担当になった本橋さんとの打ち合わせは滞《とどこお》りなく進み、一時わたしの手を離れていた仕事もすべて戻って来た。そして、社内に貼りだされた営業成績のグラフが、なんと初めて昴を追い抜いたのだ。

「今度の土曜日、うちに来ないか?」

昴がそう言ったのは、お祝いがてら、いつもより少し高級な店で夕食をとっていたときのこと。

「え?　うち?」

思わずお箸《はし》を止めたわたしを見て、昴が笑う。

「そ。俺んち。早くお前を連れて来いって最近うるさいんだ」

昴は実家暮らしだ。昴とつきあいだして約一ヶ月。その瞬間がいつ来るのかと、実は内心ドキドキしていた。いきなりとはいえ、彼はわたしの実家に来て両親に挨拶《あいさつ》をしてくれたのだから、自分も行かないわけにはいかない。早くしなければと思いつつ、なんだかんだと理由をつけて先延ばしにしていた。

「わかった。お邪魔させてもらうね」

「そんな気負うような家じゃないから、気楽に来てくれ」

わたしの緊張を察した昴が笑う。そりゃあ昴のように、極度にコミュニケーション能力の高い人間ならば、恋人の家族と会うことにも躊躇《ちゅうちょ》などしないのだろう。なんせ、いきなり実家に泊まりに来るような男だ。けれど、世の中の大多数の人間にとって、それは緊張せざるを得ないシチュエーションである。

そういうときにはなにを着て行けばいいだろう。なにを持っていくのがいいだろう。

「ねえ、手土産《てみやげ》とかどうしよう。ご両親の好きな食べ物ってなに？」

「別になんでも。そんな気を使わなくていいって。手ぶらで来いよ」

「それ、本気で言ってる？　殴るわよ」

キッと睨《にら》みつけると、昴がまた笑った。

「怒るなよ。本当に、そんなかしこまった家じゃないんだ。前にも言っただろ。下町の工場だって。

でもそうだな……二人とも甘いものが好きだから、適当に見繕《みつくろ》ってくれよ」

昴は簡単にそう言ったけれど、結局その前日まで、わたしは散々悩むことになった。


金曜日の夜、家に帰るなりわたしはクローゼットの服を床に並べた。仕事が忙しくて新しい服を買いに行く時間はなかったから、手持ちの服の中で、恋人の両親に会うのに相応《ふさわ》しい服を探す。スーツなら沢山あるけど、あんまりかしこまった感じになるのはよくない気がする。スカートは外せないだろうか。だったらワンピース？　でも、冬に着るようなワンピースは持ってない。

少しフェミニンなブラウスとニットをスカートに合わせるか――

鏡の前で、数着の洋服を合わせてみる。何度も合わせて、なんとか納得の行く服を見つけた。デートのときよりも念入りに髪を洗い、しっかりドライヤーで乾かす。肌を整え、いつもの週末よりも早く布団に入った。

昴との待ち合わせは十一時。朝寝坊もできたはずの時間だけど、やっぱり朝早くに目が覚めてしまった。起きてすぐに洗面所の鏡を見て、寝癖がないこと、目の下に隈がないことを確認した。手土産は乗り換えの際に駅の構内で買おうと思っている。その辺はリサーチ済みだ。

いつもよりも時間をかけて化粧をして、洋服を着たあとにもう一度鏡の前に立つ。なんだか、昴と初めて出掛けたときよりも緊張する。

コートを羽織り、洋服に合わせた鞄《かばん》を持つ。玄関をでる前から、やけに心臓の鼓動が速い。緊張したまま駅まで歩き、休日の電車に乗った。

乗り換えの駅で有名な和菓子を買い、ほとんど乗ったことのない地下鉄に乗る。路線図で、徐々に近くなる駅名を見るたびに、胸のドキドキが大きくなった。

待ち合わせた場所で昴の姿を見たとき、ようやくホッとした。けれど、改めて緊張することになった。

「顔が強張《こわば》ってるぞ」

わたしの顔を見るなり、昴が笑う。

「仕方ないでしょ。緊張してるんだから」

「大丈夫だって」

昴がわたしの手を取った。ぎゅっと握られると、悔しいけど落ちつく。そのまま手をつないで歩きだした。

昴の家は、駅から十五分ほどの住宅街の中にあった。〝伊勢谷ネジ〟と書かれた小さな工場の隣に一軒家があり、昴がその戸を開けた。

「ただいまー」

「はーい」

声をかけると、奥から女性の声が聞こえた。きっと昴のお母さんだ。緊張が途端に増し、引きつった笑顔が張りつく。

「まあ、いらっしゃい」

玄関先に、小柄で少しふくよかな女性が現れた。顔立ちはとても整っている。晴れやかな笑みを浮かべた顔は、昴によく似ていた。

「こ、こんにちは。初めまして。宮崎奈央です」

慌てて頭を下げると、まああと声がした。

「初めまして。昴の母です。いつも息子がお世話になってます。お正月にはご実家にまでお世話になって、本当にごめんなさいね」

「い、いえっ」

どうして知っているのかと思ったけど、一緒に暮らしてるのなら当然か。むしろ、はっきりとその事実を告げていた昴に驚いた。

「こんなとこじゃ寒いからどうぞ」

「おう、上がれ上がれ」

「お邪魔します」

昴とお母さんに促《うなが》されて中に入る。案内された先はいわゆる応接間で、ソファに座っていた男性たちが一斉にこっちを見た。

一人は昴のお父さんと思われる、年配の男性。それから、同年代っぽい男性が二人。みんなかなりのイケメンだった。

「紹介する」

隣に立った昴がわたしのからだを少し前に押しだした。

「宮崎奈央さん。俺の婚約者」

昴の口からでた婚約者という言葉に、驚きながらも頭を下げた。

「は、初めまして。宮崎です」

「えーっと、まず、これが親父」

わたしの内心に構うことなく、昴が年配の男性を紹介した。

「これとはなんだ、これとは」

苦笑いを浮かべつつ、昴のお父さんが立ち上がってわたしの前に立った。お父さんは背が高く、がっちりとした体格で、頭は角刈り。少し強面《こわもて》で、いかにも職人さんという雰囲気だ。昴とはまったく違う風貌《ふうぼう》なのに、なぜかなんとなく似ている気がする。

「初めまして。息子がお世話になってます」

「い、いえ。こちらこそ」

ペコペコとお互いに頭を下げる。見かけほど怖い方ではないようだ。

「で、兄の朔《さく》、と、こっちが弟の陽《あきら》」

二人の男性が立ち上がった。二人とも背が高い。

「兄の朔です。新月って意味の〝朔月《さくげつ》〟の朔」

昴のお兄さんはがっちりとした体格で、お父さんに似ている。

「ぼくが弟の陽です。太陽の陽であきらって言います」

お母さんに似ている弟くんは、その名前のように明るく笑った。人懐っこそうな笑顔だ。それにしても、この名前のつけ方。

「新月に、太陽、それから昴。みんな星の名前なんですね！　素敵」

思わず声を上げると、これまでずっと黙って様子を見ていたお母さんが、パッと顔を輝かせた。

「わかってくれたなんてうれしいわ。こう見えて天文好きなの」

「わたしもです。わたしも星が大好きなんです」

「うちの男衆はまったく興味がなくてつまらなかったのよ。奈央さんも星好きだなんてうれしい。本当、話がわかる人が来てくれてよかったわ」

昴のお母さんは、本当にうれしそうに笑った。共通点があったことでその場がなごみ、張り詰めていた緊張感が消える。

「じゃあ、来た早々だけど、お昼にするから片づけてー」

昴のお母さんが言い、男性陣を追い立てる。その声に、昴をはじめみんながあたふたと動きだした。伊勢谷家のパワーバランスがわかった気がする。

「あ、あの、これ」

慌ただしく動きだしたお母さんに声をかけ、ずっと手に持っていた手土産《てみやげ》を渡す。

「お茶うけにどうぞ」

「まあ、わざわざありがとう。ねえ、奈央さん、お好み焼きって好き？」

「はい、大好きです」

反射的に答えると、朔さんが笑った。

「おふくろ、チャレンジャーだな。奈央さんって関西の人だろ」

「一番得意なんだからいいじゃない。さっさと並べて」

お母さんは笑う朔さんにホットプレートを押しつけ、わたしに少し申し訳なさそうな顔をした。

「せっかく来てくれるから、お昼はなににするか悩んだんだけど。うちの定番がいいかなと思って。ごめんなさいね」

「いいえっ。なにかお手伝いしましょうか」

「大丈夫。もう準備はできてるから、どうぞ座ってて」

伊勢谷家の食卓は、はっきり言って大きかった。男ばかりの三人兄弟なのだから仕方がないのかもしれないけれど、大きなダイニングテーブルに大判のホットプレートが三つセットされたのだ。よくブレーカーが落ちないもんだと思ったけれど、どうやら工場ということで普通の家より契約アンペアが大きいらしい。

「一つ二つじゃ足りないのよ。みんなせっかちだから」

お母さんが笑いながら、手慣れた様子で三つのプレートに生地を流していく。それぞれに二枚ずつで、合計六枚。ちょうど人数分だ。

面白いのは、伊勢谷家の男四人が、おとなしくそれをじっと見ていることだった。お皿やお茶を並べたり、お箸《はし》を用意するのはみんなにやらせても、調理には手出しさせないのが彼女のスタンスのようだ。

お好み焼きが焼き上がるまで、それなりに時間がかかる。待つ間に会話が飛びかった。

「奈央さんの実家って民宿なんだって？」

朔さんが言った。朔さんは今三十歳。銀行にお勤めで、都内で一人暮らしをされてるそうだ。

「はい。有名な観光地ではないんですけど」

「兄さんがすごくよかったって言ってたよ」

隣に座っている陽さんが続ける。陽さんは二十五歳。印刷会社で働いているらしい。以前昴が言ったように、三人はまったく家業とは関係ない職業についているようだ。

「瀬戸内海だから魚はうまいし、温泉もよかった」

思い出したように昴が言った。照れくさいけれど、自分が過ごした場所をそう思ってくれているなんてうれしい。

「本当に、忙しい中、息子が世話になって申し訳ない」

「いえ、とんでもない」

お父さんがすまなさそうな顔で言ったので、思わず手を振る。

「もう随分《ずいぶん》前から奈央奈央って煩《うるさ》かったんだよね」

ふいに陽さんが言った。

「え？」

「実家まで押しかけたときはどうなるかと思ったけど、うまく行ってホントによかったよ。ダメだったらただのストーカーだもんな」

「思い込みの激しい男だから」

朔さんが続け、陽さんが頷く。

「こんなんで営業成績がいいなんて、おかしいよね」

「昔から要領だけはよかったけど」

「こんな男だけど、見捨てないで仲良くしてやってね」

兄弟が口々に言い、昴が呆れた顔をした。

「お前ら、いい加減にしろよ」

いつもは飄々《ひょうひょう》としている昴が、こんな風にやり込められている姿を見るのは初めてだ。それにしても、家族にわたしのことを話しているなんて思わなかった。いったいなにを話したのか気になるけれど、今は恥ずかしさが上回る。

「はいはい、第一陣ができましたよー」

ソースの焦《こ》げた匂いが立ち上る。昴のお母さんの声に、焼き上がったお好み焼きに一斉にへらが伸びた。

「ぼさっとしていると取られるぞ」

昴がわたしのお皿にすばやくお好み焼きを乗せてくれた。ホットプレートの上はあっという間になにもなくなり、すぐさまお母さんが次を焼き始める。

「熱いうちにどうぞ」

テキパキと動きながら、お母さんがわたしに言った。

「ありがとうございます。いただきます」

湯気の立つお好み焼きに箸《はし》を入れ、口に運ぶ。実家の味とは少し違うけれど、とってもおいしい。

「おいしいです」

「よかった。まだまだ焼くから沢山食べてね」

「はい」

その後、焼いては食べを繰り返した。わたしは途中でギブアップしたけれど、男性たちはそれぞれトータルで三枚以上は食べているはずだ。せめて後片づけだけでもと思ったけれど、それは男衆の担当らしく、男四人がさっさと片づけを始める。その間に、昴のお母さんに呼ばれて、昴の子どものころの話を聞き、写真も見せてもらった。

昴の家はとても居心地がいい。職人気質《かたぎ》なお父さんと、美人だけど肝っ玉母さん風のお母さん。賑《にぎ》やかな食卓と、仲のよい兄弟。昴が、会社でみんなに好かれる理由がわかった気がした。

後片づけを終えた男性陣と手土産《てみやげ》にした和菓子を食べながら会話に花を咲かせ、気づいたときにはすっかり日が暮れていた。

「長々とお邪魔しました」

玄関先で靴を履き、見送りに出て来たご両親たちに挨拶《あいさつ》する。

「いいえ、たいしたおもてなしもできなくてごめんなさい。またいつでもいらして」

「次に来たときは、昴の恥ずかしい話もいっぱいしてあげるよ」

「余計なことは言うなよ」

なぜかリュックを背負った昴が、靴を履きながら朔さんを睨《にら》む。

「じゃあ俺はこのまま泊まって来るから。行くぞ」

そうさらりと言った。

「え？」

驚くわたしなどお構いなしに、昴が腕を取る。

「あーあ、リミッターが外れた男は最強だな」

「押しが強すぎると嫌われるぞ」

そんな言葉を聞きながら、笑顔のお母さんに頭を下げる。そして呆れ顔の朔さんたちにも手を振った。

見慣れない街を昴と歩く。お腹はいっぱいで、心は満たされていた。家族の前で恥ずかしげもなく感情をだす昴が、呆れると同時にうれしかった。

自然と手をつなぎ、空を見上げる。初めて見る、昴の家の空。すっかり暗くなったそこに、星が浮かんでいる。

去年、初めて二人で見たときは南にあったオリオン座が、今は西の空に浮かんでいる。わたしたちの関係が変わったように、夜空も春の星図に変わっていく。

つないでいた手を昴がぎゅっと握った。

夜空にすばるが見えなくなっても、昴はそばにいてくれる。自然と浮かんで来る笑みに、心が浮足立った。

4

寒さが徐々に和《やわ》らいで来た三月半ば。昴との関係にようやく慣れ始めたころ、それは突然訪れた。

「やあ、久しぶり」

長い外回りから戻って来た夕方のこと。両手にサンプルの入った紙袋を抱え、背中でなんとか営業部の扉を開けたとき、その声が聞こえた。

「え？」

俯《うつむ》いていた顔を上げ、目の前にいた人を見とめてさらに驚く。

「あ、青木《あおき》さん？」

「元気そうだな、宮崎」

わたしを見てにっこりと笑ったのは、青木勇真《ゆうま》という名の男性だった。優しそうな笑みを浮かべたその人を見て、記憶が一気に蘇《よみがえ》る。

入社当時、わたしの指導をしてくれた青木さんは、当時営業成績三位の優秀な人だった。五歳年上で、人当たりもよく指導もとても丁寧。彼はわたしに、営業の基本を一から教えてくれた。

そんな青木さんがわたしに告白をしてくれたのは、その翌年の春を迎えるころ——季節にするとちょうど今ごろだ。

『プライベートでも、一緒にいられないかな？』

わたしが初めて、自分で契約をまとめたときのことだった。青木さんにお祝いをしてもらった帰り道で、そう言われたのだ。

『あ、あの。ごめんなさい。わたし……』

『他に好きなヤツがいるのかな？　例えば伊勢谷とか。仲がいいから、実は少し妬《や》けるんだよね』

穏やかに微笑む青木さんの前で、昴の名前にドキンとしたことも事実だ。

『えっ⁉　い、いえ、あいつとはそんな関係じゃありません。そうじゃなくて。今は仕事を覚えるのに精一杯で……』

『そっか……じゃあそのうち僕にもチャンスは来るのかな。そのときのために、宮崎が僕のこと、忘れないようにしてもいい？』

『え？』

そのとき、不意打ちされたとはいえ、一度だけキスをした。次の日からまともに顔を見るのも気まずくて、彼が四月から転勤になると聞いたときは正直ホッとしたものだ。

「おい、いつまで道を塞《ふさ》いでるんだ」

「ぎゃっ‼」

突然耳元でささやかれた声に、思わず飛び上がる。驚いて振り返ると、ニヤニヤした昴が立っていた。

「色気のない声だな」

「急に話しかけないでよ。びっくりしたでしょ！」

「こんなところに突っ立ってるお前が悪い」

昴はそう言いながらわたしの横をすり抜けると同時に、わたしが持っていた紙袋をさらっていった。中に入って、そして脚を止める。青木さんはまだそこにいて、ニコニコと笑っていた。

「相変わらずだね、きみたち」

思えばあのころから、わたしの昴への気持ちは表にでていたのかもしれない。もしそうだとしたら、青木さんはきっと気づいていただろう。そう考えると、余計に恥ずかしい。

「あれ？　青木さん！　戻られたんですか？」

昴が声を上げ、青木さんに近づいた。

「ああ。やっと帰って来られたよ。またよろしくな、伊勢谷。宮崎も」

青木さんがわたしを見てにっこりと笑った。表情がひきつって、上手に笑顔が作れない。それでもなんとか頷いて、自分の席に向かった。

みんなと和《なご》やかに談笑する青木さんの声を聞きながら、心を落ち着ける。大丈夫、あれから何年も経っているし、向こうもわたしも大人だ。告白や失恋なんて、誰でも何度でも経験しているありふれたこと。わたしが気にしてるなんて、青木さんに対しても失礼なことだろう。

いまさらながら昴とつきあうことになったと知られるのは、気まずいけれど仕方がない。それに、青木さんにももう恋人がいるかもしれない。彼も十分素敵な人なんだから。

次からはちゃんと笑おう。そして昔みたいに、後輩として彼と接しなければ。そう心に決めた。

「青木さんってお前の指導係だったよな？」

その夜、いつものように夕食を一緒に食べているとき、昴が言った。なんてことのない言葉なのに、昴の口からその名前がでるとドキンとする。

「ま、まあね」

思わず言い淀んだことに他意はない。ないけど、目ざとい昴が少しだけ表情を変えた。

「どうした？」

ストレートに切り込んで来るのも、この男らしい。だから、わたしは昴に隠し事ができない。

「んー。隠すことでもないから言うけど……」

「なんだよ？」

「ずっと前に告白されたことがあるの」

思い切ってそう言い、昴の顔を見た。昴の表情は変わらない。

「で？」

「で、って……。断ったわよ、もちろん。でも」

「でも？」

「一回だけ、キス、した」

昴は無言だった。ただじっとわたしを見てる。やっぱり、聞いて嫌な気分になったのだろうか。

内心でさらに焦る。

「ちょっと流されたのよ。わ、若気の至りよ。そういうのってあるでしょ？」

「……あるかねぇ」

ちょっと呆れ顔になりながら、昴が言う。

「でも、そのときも、もちろん今も青木さんのことはなんとも思ってないから」

ああ、こんなに焦ってるなんて、なんだかとても恥ずかしい。そんなわたしの内心を察しているのか、昴がニヤリと笑った。

「ああ。それに関しては一切心配してないね。奈央は、ずーーーーっと俺一筋だもんな」

「はあ？　そんなこと言ったことないけど！」

「まあまあ、照れんなって」

昴が機嫌よく、追加で頼んだビールを飲んだ。

「照れてない！　言ってない！」

「まあまあ」

言いたくないけど、でもその通りなんだろう。だから余計にムカつく。とはいえ、昴の機嫌も悪くないようだし、青木さんのことを昴に言えたことで、ようやく心が落ち着いた。


翌日の朝。及川課長に呼ばれてミーティングルームに向かうと、そこに昴と青木さんがいた。

「あの駅ビルの補佐の仕事を、伊勢谷から青木に引き継ごうと思う」

わたしの顔を見るなり、課長が言った。

「えっ、どうしてですか？」

昴とつきあいだしてからも、わたしの補佐は彼のままだった。仕事と恋愛は別。仕事に私情を持ち込んだ覚えはない――はず。あれ以降、は。

明らかに動揺したわたしに、課長が苦笑する。

「そんな顔するなよ。戻って来たばかりで暇な青木をこき使いたいだけだ」

「酷《ひど》いな、課長」

青木さんが呆れたように笑い、そしてわたしに向き直った。

「まあ、そういうことで、僕をこき使ってくれて構わないよ。今から引き継ぎしてもらっていいかな？」

最後の言葉を昴に向ける。

「もちろんです」

「では早速始めてくれ」

昴の返事を聞き、課長は一人出て行った。いきなり三人になって、かなり気恥ずかしかったけれど、それはわたしだけだったようだ。二人とも仕事に関しては有能なので、引き継ぎは順調に進んだ。

「そう言えば、二人はつきあってるんだって？」

ミーティングが終わり、席を立とうとした瞬間、青木さんが唐突に言った。立ち上がりかけた姿勢のまま、思わず固まる。

「は、えっ？」

わたしの言葉にならない声に、青木さんが笑った。

「さっき課長から聞いたよ。よかったね」

よかったねって、やっぱり青木さんは昔からわたしの気持ちをわかっていたのか。恥ずかしいやら申し訳ないやら、複雑な気持ちになったとき、

「宮崎はいい女だろ？　実は昔、告白したことがあるんだ」

青木さんは笑顔のまま、昴に向かってそう言った。

「なっ」

持っていたファイルをすべて床に落としてしまう。

そんなわたしとは対照的に、昴は顔色一つ変えず、青木さんを見ていた。

「聞いてますよ」

昴にしては珍しく素っ気なくそう答えると、青木さんの笑みがさらに広がる。

「そっか。心配しなくていいよ、過去のことだから。ね」

青木さんはそう言うと、昴の肩を叩いて部屋から出て行った。笑顔でものすごいことを言う人だ。あんな人だっただろうかと思いつつ、床に散らばったファイルを拾う。最後の一冊は、昴が拾ってくれた。

「あ、ありがとう」

「いや。まあ、ガンバレヨ」

なんだか心のこもっていない声だった。昴が不機嫌になっている。それは顔を見なくてもなんとなくわかった。その原因は青木さんのさっきの言葉だと思うけど、それに対してどうフォローしていいのかわからない。

そのまま昴がミーティングルームから出て行った。追いかけようとしたとき、入れ替わるように一美が入って来た。

「奈央！」

「一美、どうしたの？」

「今、そこで青木さんに会ったのよ。戻って来たって？　大丈夫？」

一美にだけ青木さんのことを話していたと思い出す。大丈夫もなにも、危険なことはなにもない。ただ、以前好意を寄せてくれていただけなのに。

「大丈夫よ、もちろん」

まあ、突然あんなことを言うなんて、若干空気が読めないのか、わざとなのか区別がつかないけど。昨日の夜、昴に話していてよかったと心底思う。

「本当に？　あの人、奈央が思うほど善人には見えないけどな」

一美が心配そうな顔をする。そう言われて一抹《いちまつ》の不安をおぼえたけど、でもやっぱり、わたしには悪い人には思えなかった。こんなわたしに告白してくれた希少《きしょう》な人だ。なにより、新人だった自分を一人前にしてくれた先輩だ――悪い人なはずがない。

「大丈夫よ」

もう一度言って、まだ納得のいかない顔をしている一美を促《うなが》して部屋をでた。

数年ぶりに会った先輩と、また行動をともにすることに躊躇《ちゅうちょ》したのは、最初だけだ。仕事の基本を教わった人だけあって、やり方は同じだし、意識や考え方、留意点なども重なるので、なにもかもとてもスムーズだった。

「青木さん、納品書のまとめなんですが」

「もうできてるぞ。あと打ち合わせの時間は十五時に設定した。その前に工事中の店舗に寄るだろ?」

「あ、はい。ありがとうございます」

テキパキと資料を揃えている青木さんを見て、わたしも自分の仕事を進める。感情的には多少複雑なものもあったけれど、青木さん自身がそれを感じさせない。彼を気にすること自体、自意識過剰だろう。

駅ビルの店舗の数は徐々に増えている。当然のことながらその分、かなり忙しくなり、青木さんと行動をともにすることも必然的に多くなって来た。

新学期を迎えるこの時期、忙しいのはわたしだけではない。昂も会社にいることは少なく、会える時間は明らかに短かった。お互いに疲れているのがわかる。

「順調か?」

珍しく帰宅時間が重なった昂と食事に行ったのは、もう四月に入ろうというころだ。咲きだした桜も目に入らないくらい社内全体が慌ただしく、お花見どころではない。二人で食事に行くのも一週間ぶりだ。

「まあね。おかげさまで。四月オープンの店舗が重なって、てんてこ舞いよ。そっちも忙しいのは同じでしょ？」

お酒を飲みながら聞くと、昴も頷いた。

「まあな。この時期は毎年忙しいけど、さすがに連日残業続きだと疲れるな」

確かに、いつも颯爽《さっそう》としている昴だけど、今は少しくたびれて見える。

「あんまり無理しないでよ？」

「お前もな。で、青木さんはどう？」

思い出したように昴が言った。

「最初はちょっと緊張したけどね。やっぱり仕事を教わった人だから、やりやすいわよ。色々先に動いてくれるし」

「ふーん」

自分から話を振ったくせに、その返事は素っ気ない。

「なによ？」

「別に。気が利《き》かない補佐で悪かったな」

「そ、そんなこと言ってないでしょ!?」

思わず焦るわたしを見て、昴がニヤリと笑った。いつもの笑顔のようにも見えるけれど、少し違う気もする。わたしが困惑顔になったのがわかったのか、昴がとりなすように笑みを見せた。

「嘘だって。うまくやってるならいいさ。それより、平日は会う時間もないから、次の週末はデートでもしようぜ」

「いいわね。久しぶりにおしゃれしちゃおうかな」

機嫌が戻った昴に、わたしもうれしくなる。一緒に仕事をしなくなって、顔を見る時間が少なくなってしまったことを、本音で言えば寂しく思っていた。けれど、仕事である以上声にはださなかった。でも同じことを昴も感じてくれているならうれしい。

「じゃあ行きたいとこ考えとけよ」

「わかった。楽しみにしてるね」

機嫌よく食事をし、適度にお酒を飲んだ。駅まで昴と手をつないで狭い夜空を見上げると、春の星座がほんの少しだけ見える。

「星を、見に行かないとな」

同じように空を見上げ、昴が言った。

わたしの実家から戻って来て以来、昴は田舎《いなか》と東京の星空の違いを実感しているようだ。同じ空を同じ気持ちで見てくれているみたいに感じて、とてもうれしかった。

週末のデートを楽しみに、忙しいスケジュールをこなす。昴にほとんど会えないことは寂しかったけれど、自分が契約した仕事がどんどん形になっていく日々は、それを忘れさせるくらい充実していた。

「宮崎、先にここで昼にしよう」

「はい」

店舗の移動の間、駅ナカにあるファストフードで昼食をとる。最近は青木さんとずっと一緒だ。食べながら次の店舗についての打ち合わせをして、無駄な時間をなくす努力はしているけれど、忙しいことに変わりはない。

「最近、ちゃんと休めてるか？」

食事中に、青木さんが言った。

「はい。うちに帰ったらすぐ寝てますから」

睡眠時間は足りているはずだ。そう答えたら青木さんが笑った。

「ならいいけど。伊勢谷とは会えてるか？」

「えっ」

青木さんの口から昴の名前がでるのはまだ慣れない。思わず言葉に詰まったわたしを見て、青木さんがクスッと笑う。

「お互いに忙しいからさ。デートとかちゃんとしてるのかなって思って」

「えっ、いえ。いや、まあ」

一人あたふたするわたしを、青木さんはまた笑う。

「落ち着けって」

「は、はい。えっと、一応今度の週末は、会う予定にしてます」

バカ正直に答えた自分の口を、過去に戻って塞《ふさ》ぎたくなる。一度は告白してくれた人に、聞かれたとはいえ、わざわざそんなことを伝えるなんて。

「そうか。仲良くできてるならよかったな」

青木さんは気にする風もなく、満足そうにうなずいた。なんでもなさそうなその態度に、内心ホッとする。

「じゃあ、午後も頑張るか」

「はい」

食事を終え、慌ただしく次の店舗に向かった。

なにもかもが順調だと思っていたのは、やっぱりわたしだけだったのだ。それは、週末を控えた金曜日に起こった。

「宮崎、ちょっといいか」

外回りの途中、電話を切った青木さんが言った。

「なにかありましたか?」

「月曜に回る予定の店舗が急遽《きゅうきょ》明日にしてくれって」

「明日……」

明日は土曜日だ。会社は休み。そして、昴と出掛ける約束をしている。でも、プライベートを理由に仕事を断ることはむずかしい。

「わかりました。では明日伺うと伝えて下さい」

「僕も、当然つきあうから」

青木さんはそう言うと、もう一度電話をかけた。

昴に言わなければ――

心の中でため息をつく。休日出勤は初めてのことでもないし、それに最後でもないだろう。昴だって時々休みの日に仕事をしていることは知っている。店舗は土日も営業しているから、緊急の場合は仕方がないことだ。それでも、思った以上にがっかりしている自分がいる。

夕方に会社に戻った。昴はまだいない。早く言わなければと思いながら、企画室や総務に顔をだし、雑用を片づける。営業部に戻る途中、廊下を歩く昴を見かけた。隣には青木さんがいる。話すなら今だろう。

「伊勢谷！」

声をかけると、二人が同時に振り返った。青木さんはわたしを見て少し笑うと、昴になにかを言って歩きだした。

立ち止まったままの昴に駆け寄る。

「お疲れ様」

「おう」

外回りから帰って来たばかりの昴は、どこか疲れて見えた。

「あの、明日のことなんだけど」

思い切って切りだすと、昴がああとつぶやいた。

「青木さんと出掛けるんだって」

彼の少し冷めた表情に戸惑う。

「え、どうして？」

「さっき言われた。先約があったら悪いって」

先約もなにも、青木さんは昴との約束は知っていたはずだ。気を利《き》かせてそんな言い方をしたのだろうか。

「そうなの。ごめんなさい。店舗の方がどうしても明日しか都合がつかないらしくて」

わたしがそう言うと、おや？　と昴の眉が少し上がった。それから、一瞬なにかを考えたあとフッと息を吐く。

「仕方ないさ、仕事なんだから」

「日曜日は大丈夫だから。よかったら」

わたしがそう言うと、昴が一瞬思案顔になった。

「いや、土曜も仕事じゃ、日曜は休んだ方がいいだろ。また今度にしよう」

妙に冷めた昴の表情に、心臓がバクバクと動くのを感じた。急に押し寄せる不安。こんなことは初めてだ。

「え、でも」

「じゃあ、俺まだ行くとこあるから。またな」

「す、昴」

伸ばした手が空《くう》を切る。離れていく昴の背中。その距離がものすごく遠くに感じる。

足取りも重く営業部の自分の机に戻った。先に席に着いていた青木さんがわたしに声かける。

「伊勢谷に言った？」

「はい」

「せっかく約束してたのに残念だったな」

「仕方がないですよ。それに店舗は普通土日も開いてますからね」

自分に言い聞かせるように言った。

「伊勢谷とのデートは日曜日に持ち越し？」

「いえ、今回は中止ということになりました」

「え、そうなんだ。別に日曜日でもいいのにね」

青木さんの明るい声が、余計に胸に刺さる。そんなこと、わたしだって思ったわよ。

「そう、ですね。でも、それだと純粋な休みがなくなっちゃうからって」

「そうか。優しいね、伊勢谷は」

優しい？　確かに昴は優しい。でも、今回は少し違う気がした。

結局、わたしが帰る時間になっても昴は戻って来なかった。不安な気持ちが、だんだん怒りに変わる。

わたしだって出掛けたかった。でも仕事なんだから仕方がないじゃない。休日出勤なんて当たり前。だって忙しい時期なんだもん。あんな風に冷たく言わなくてもいいじゃない。

イライラしたまま家に帰った。昴からはなんの連絡もない。一時は昴に対してあんなに怒っていたのに、苛立ちがまた不安に変わる。着替えるより前にスマホを手に取り、昴にメッセージを送った。

『明日のこと、ごめんなさい』

言い訳を綴《つづ》っても仕方がない。なにを書いていいのか迷って、結局それだけ送った。返信があったのは、意外とすぐのこと。

『仕事ガンバレヨ。日曜はゆっくり休め』

ホッとしていいのか、どうしたらいいのかわからない。すぐに返事をくれたということは、そこまで怒っていないから？

あのときの昴の冷たい表情が頭から離れない。喧嘩をしたわけじゃない。でも、こんな些細《ささい》なことでこんなに不安になってしまうなんて。

もし、このまま昴と別れるようなことになったら？

ふいに頭に浮かんだ発想に、背筋が冷たくなった。もし昴と離れてしまったら、わたしはどうなるんだろう。

その先を考えることもできないくらい、ただひたすら悲しくなった。

6

なんとか笑顔を貼りつけて土曜日の仕事をこなし、日曜日は家でじっと過ごした。青木さんにゆっくり休めと言われたけれど、心がざわついて落ち着かない。結局たいして休めないまま、月曜日を迎えた。

疲れを残したまま、朝の満員電車に乗るのは辛い。それでもなんとか踏ん張って、駅まで我慢する。いつもの道を歩いていると、前を歩く昴が見えた。

「お、おはよう」

思い切って声をかけると、振り返った昴が立ち止まった。

「おう。昨日はゆっくり休めたか？」

その顔が少し強張《こわば》って見えるのは気のせいだろうか。

「うん。ごめんね。出掛けられなくて」

「いいって言ったろ」

昴は素っ気なく答える。いつもこんな言い方だっただろうか。変に緊張して、普段の昴を思い出せない。

二人で並んで会社に入ったけれど、それ以上言葉が続かない。混んだエレベーターの中で、まるで抱きあうみたいにくっついているのに、昴がやけに遠くに感じた。

そんな違和感は、日が進んでもしばらく続いた。なぜかできてしまった距離を、どうやって埋めるのかがわからない。仕事が詰まっているのはお互い様で、話す時間もなければ、顔を合わせる機会もほぼない。それでも毎日やり取りする短いメールで心をつなぎ、なんとか平静を保っていた。

「なんか元気ないわね？　どうしたの？」

外回りから戻って総務に顔をだしたとき、一美から声がかかった。

「そう？」

誤魔化《ごまか》すように笑ったけれど、目ざとい一美には通じない。

「ちょっとこっち来て」

腕を取られ、手近な給湯室に連れ込まれた。

「なんかあった？」

ぐっと一美の顔が近づく。

「んー。まあ、あったというか、なかったというか」

「なによそれ？」

だって、どうしてこうなったのか、自分でもよくわからない。ぽつぽつと先週からのことを一美に話した。

「久しぶりのデートが中止になったから拗《す》ねてるだけじゃないの？」

そうだろうか。だったらどうしてこんなに胸がざわつくのか。

「そんなんじゃ、ない気がするの」

「気のせいじゃない？　まあ確かに、平日に会う回数が減ってるのは気になるけど、休日出勤じゃ仕方ないじゃない」

「そう、かな」

やっぱり、物理的に会えないことは問題かもしれない。でも、今はどうしようもない。つきあっていなかったころは、会えない日が続いても、こんなに怖くはなかった。

恋は人を臆病《おくびょう》にすると言ったのは誰だったか。まったくその通りだ。

「でも、なんか気になるなあ」

一美が考えるように腕を組む。

「え？　なにが？」

「うーん。まあ気のせいかもしれないけど、一応調べてみようかな」

「え、なにを？」

「うん、まあちょっと」

一美は曖昧《あいまい》に手を振り、わたしを残して給湯室から出て行った。

「なんなのよ」

ぽつりとつぶやいた声が、やけに大きく響いた。

一美に話したところで解決することではなく、そして昴とほとんど顔を合わせることなく日々は過ぎていく。会えないし、話もしていないので、週末の約束すらしていない。

昴とつきあう前でさえ、こんなに会えないことはなかった気がする。避けられているとは思わないし、思いたくない。でも、ここまで会えないと、つい不安になる。

特に青木さんと一緒に仕事をするようになってから、社内にいる時間がかなり少なくなっていて、それが原因で昴と接触できなくなっている。

会えないことって、こんなに辛いことなんだ。片思いのときとは少し違う心の痛み。悲しいというより寂しかった。

昴と会えないまま金曜日の午後になった。午前中に外回りをすませて、午後は久しぶりにデスクワークに集中することにした。

パソコンのキーボードを叩きながら、隣の席を窺《うかが》う。昴はまだ戻って来ていない。タイミングの問題もあるのだろう。運が悪いのはわたしか昴か——。視線をモニターに戻し、そっとため息をつく。

「どうした？　疲れた？」

かけられた声と同時に、机の上に書類が置かれた。わたしが青木さんに頼んでいた陳列のデザイン図だ。

顔を上げて振り返ると、青木さんがにこにこと笑みを浮かべて立っていた。わたしと同じく忙しいはずなのに、彼は疲れた顔を全く見せない。むしろいつも楽しそうだ。そういえば、昔から機嫌の悪い様子は見たことがなかった気がする。

「ちょっと休憩する？　あとで手伝うから」

青木さんはそう言うと、わたしを休憩室に誘った。確かに、パソコンと睨《にら》みあって数時間はたっている。少しくらいいいだろうと、頷いて立ち上がった。

自動販売機が数台と、テーブルセットが三つほどある休憩室で、青木さんが珈琲《コーヒー》を奢《おご》ってくれた。椅子に座って、温かな紙コップを両手で持つ。ふーっと息を吹きかけ、立ち上る湯気を消した。

「前にも言ったけど、ちゃんと休めてるか？　気づいてないかもしれないけど、最近の宮崎はすごく疲れて見える。僕らの仕事は基本体力勝負だ。それに相手がある仕事なんだから、休めるときはちゃんと休まないと、先方にも心配されるぞ」

珈琲を手に、青木さんが前の椅子に腰かけた。

「すみません」

「仕事上の悩みでもあるのか？」

「いえ、それはないです」

仕事量は半端ないけれど、どれも滞《とどこお》ってるわけじゃない。むしろ、順調過ぎるくらいだ。疲れが取れないのは、ほとんど寝ていないから。からだは疲れているのに、布団に横になっても眠れない。ここ最近、自分でも驚くほど精神的に不安定なのは自覚していた。

「じゃあ、伊勢谷がらみかな？」

ハッと顔を上げると、青木さんがクスッと笑った。

「喧嘩でもした？」

「そんなんじゃないです」

喧嘩だったら、もっと簡単だと思う。なにに阻《はば》まれているのかわからないから、解決方法が見つからないのだ。

「合わないのかもね、伊勢谷と宮崎は」

青木さんが静かに言った。

「二人とも頑固だからさ」

続く言葉が、胸に刺さる。

「お互い素直になれないと、続かないよ？」

わたしをまっすぐ見つめる青木さんの顔に笑みはない。背すじがキンと冷たくなった。

「憧れと現実の恋愛は違う。宮崎も伊勢谷も、それをわかってるのかな？」

青木さんがどこか遠くを見るように言った。

胸が苦しくなるけれど、反論できない。

「宮崎には、もうちょっと楽につきあえる相手がいいのかもね。たとえば、僕とか」

「……え」

「僕は伊勢谷ほど頑固じゃないし、もっと気を使えるよ？」

青木さんに笑顔が戻る。余裕のある雰囲気は、五歳という年齢の違いだろうか。

「人の彼女を堂々と口説《くど》かないでもらえません？」

驚くほど機嫌の悪い声が真後ろから聞こえた。慌てて振り返ると、いつもの愛想よさをすべて消した顔で昴が立っていた。

運が悪いのは、きっとわたしだ。こんなタイミングで昴と会うなんて。

「ごめんごめん。宮崎が可愛いくらい寂しそうな顔をするからさ」

青木さんが笑いながら立ち上がる。

「じゃあ、先に戻って書類仕上げとくよ」

わたしに向かって微笑むと、ゆっくりとした足取りで去って行った。

「す、ばる」

苦々しい顔をしたまま、昴がわたしを見た。

「隙が、あり過ぎるんじゃないのか？」

低い声。その声は間違いなく不機嫌だった。

「そんなこと、ないわよ」

「どうだか。だいたい、部外者に余計なこと言うなよ。前に口説《くど》いて来た男だぞ」

表情も怒っている。

「ごめん」

「悩みがあるなら、なんで俺に言わないんだよ」

「……ごめん」

昴のこんなにきつい口調は聞いたことがない。その表情に、いつもの人懐こさは皆無《かいむ》だ。確かに、昴からすれば面白くない状況だっただろう。なにも言わずに一人でうじうじしていたのはわたしだ。

「謝るくらいなら……」

昴がそこで言葉を切った。表情は一変して、怒っているというより苦しそうだった。そして、そのまま踵《きびす》を返して、さっさとその場から離れていった。

昴のあんな顔、初めて見た。わたしがそうさせた。わたしが、昴を怒らせたのだ。

どうしてこんなことになってしまったのか、自分でもわからない。

目頭がツンと痛くなった。込み上げて来る涙が目に沁《し》みる。椅子から立ち上がることもできず、ただ呆然としていた。

そのとき、近づいて来る足音が聞こえた。慌てて瞬《まばた》きをして涙を振りはらう。立ち上がろうとしたとき、一美が飛び込むように入って来た。

「今、伊勢谷が怖い顔して歩いてたけど、どうしたの？」

わたしの顔を見て、さらに驚いた顔をする。止まったはずの涙がまたあふれた。

「奈央⁉」

一美が慌てて近寄って来た。肩に置かれた手が温かい。

「ちょっと、どうしたの？」

かけられた声に、また涙があふれる。一美の肩におでこを乗せ、ぎゅっと目を閉じた。

「どうしよう、昴を怒らせた」

「えっ？　どうして？」

驚く一美の声が耳のそばで聞こえる。

どうして？　そんなの自分でもわからない。いや、わかっているけど、どうしたらいいのかわからない。

「とにかく落ち着きなよ。今は無理だけど、今日、仕事が終わったら話聞いてあげるから、ね？」

一美が背中を撫でる。呼吸を落ち着かせ、何度も瞬《まばた》きをして涙を振り払った。頭を起こすと、一美が大丈夫？　と覗きこんで来る。なんとか頷き、指で目元を擦《こす》った。

「今日は早めに終わりなよ。待ってるから」

一美の言葉にまた頷き、深呼吸をして営業部に戻った。幸いなことに、昴も青木さんもいない。机の上には、頼んでいた書類ができ上がっていて、その上に青木さんからのメモが乗っていた。

〝今日は早めに上がるように〟

なにもかも、青木さんにはお見通しのようだ。他の人になるべく顔を見られないようにパソコンを見つめ、頭から昴のことを追い払って仕事に没頭した。

定時を少し過ぎたところで、帰り支度をした一美が顔をだした。ちょうどきりのいいところだったので、そのままパソコンの電源を落とす。

結局昴は戻って来なかった。予定表を見ると、いつの間にか直帰になっている。今回は明らかに避けられている。その現実に思い当たって、さらに気持ちが落ち込んだ。

「さ、行くよ。久しぶりに二人で女子会しよ」

一美の明るい声になんとか笑みを浮かべ、支度をして会社をでた。金曜日の夜だけあって、街は賑《にぎ》やかだ。

「おいしいお店があるのよ」

一美が言い、おしゃれなダイニングバーに入った。テーブル席に一美と向かい合って座り、メニューを見ながらお酒と料理を選ぶ。

注文を終えた一美が、さてと、とわたしの顔を見て、

「で、どうしたの？」

ずばりと切り込んで来た。昴も一美も、そして青木さんも。わたしの周りにいる人間は、遠慮というものがないようだ。

ぽつりぽつりと話すと、徐々に一美の顔が険しくなって来た。その間に運ばれて来たお酒を乾杯もしないままぐびっと飲み、出て来た料理に箸《はし》をつける。

一美の食べる様子を見ながらも、自分は一向に食欲が湧いて来ない。のどを潤《うるお》すためだけにちびちびとお酒を飲み、ただ、話し続けた。

「ふーん」

話を終えて一美を見ると、彼女が鼻を鳴らした。

「まず、言えることはさ。気になることがあるなら、夜中でも明け方でも連絡するなり会いに行けばいいのよ。現に、伊勢谷はあんたを追いかけて実家まで来てくれたんでしょ？　忙しいからってないがしろにするのはよくないわよ」

一美の言葉はもっともで、すべてが胸に刺さる。

「遠慮してどうするの？　お互い別々の人間なんだし、思ってることを想像だけしても仕方がないでしょ。察してちゃんは一番ダメよ」

思わず項垂《うなだ》れてしまうほど、彼女の言葉は的を射ている。

自分だけで考えても仕方がないのだ。昴がなにを考えているのかなんて、昴に聞かなきゃわからない。

「奈央に足りないのは自信かもね。伊勢谷は何年もあんたと一緒にいて、それであんたを選んだんだから、もっと自信を持ちなさいよ。いまさらちょっとやそっとおかしな行動にでたってどうってことないわよ」

一美がきっぱりとそう言い切った。彼女の言葉は正論だ。だけど、それを実行に移すのは、やはり躊躇《ちゅうちょ》する。

「そう言われてもさ。なんて言えばいいのかわからないよ。昴がなにを怒ってるのかもわからないのに」

とんちんかんなことを言って謝っても、余計にこじれる気がする。

「簡単でしょ、嫉妬《しっと》よ嫉妬。青木さんにヤキモチ焼いているのよ」

「嫉妬って、青木さんとはそんな関係じゃないわよ」

「そんな関係じゃなくても、妬くときは妬くの。あんただって思い当たることがあるでしょ？ちょっと前、そんなことで悩んで大騒ぎしたのは誰？」

「あ……」

どうして忘れていたんだろう。よくも悪くも昴との関係を変えてくれたのは、あの谷本さんの存在だ。一人でヤキモキして、最終的には勝手にキレて会社まで休んだ。みんなに迷惑をかけて、社会人としてあるまじき行動を起こしたのはほんの数ヶ月前の出来事なのに、それをきれいさっぱり忘れていただなんて。

「あのとき、奈央はヤキモチ焼いてたでしょ？　伊勢谷は仕事として彼女といたのに」

確認するように一美に言われ、頷く。

「でも、でもあれは違うわよ。だって、谷本さんはクライアントだけど、青木さんは同僚よ」

「じゃあ奈央はさ、伊勢谷が新人の女の子と四六時中一緒にいてもなんとも思わないの？　仕事だからって、ずーーっと仲良くしてるところを見せられても平気なの？」

「それは……」

「奈央って、前から伊勢谷にからむ女の子たちにいい気してなかったでしょ？　おんなじことを伊勢谷だって感じてるかもしれないじゃない」

確かに、想像するだけで嫌な気持ちになる。でもそれは、わたし自身の性格の問題だと思っていた。

「だから素直に話しなさいって言ってるの。わからないなら聞けばいいのよ」

一美の言葉がまた胸に刺さる。

その後、お酒を飲んでも食事をしても、頭の中は昴のことでいっぱいだった。

「この週末で仲直りしなよ」

最後にそう言われ、駅で一美と別れた。終電間際の電車は週末ということもあってかなり混みあっている。酔った頭をふらふらさせながら吊革に掴まり、目を閉じると、昴の顔が浮かんだ。

頭の中の昴は、やっぱり怒った顔をしていて、酔いが冷めそうになる。

落ち込んだまま最寄り駅でおり、家までの道を歩く。アパートの前に着いて初めて、今夜は空を見ていないことに気がついた。

7

お風呂に入って、念入りに髪とからだを洗っても、頭の中はすっきりしない。部屋を暗くして布団に寝転がってみても、眠気は一向にやって来ない。スマホを握り締めては、何度も画面を表示させる。

一美の言う通り、すぐにでも電話をするべきだ。でも、もし冷たい声が返って来たらどうしようと思うと、通話ボタンを押すことができない。

今まで、昴の愛情表現はあからさまだった。そのときは戸惑うばかりだったけれど、だけどあれがあったからわたしは安心できていたのだ。ずっと昴に甘えていた。昴の愛情の上にあぐらをかいていたのだ。だから、ちょっと冷たくされただけで、こんなにも動揺してしまう。

昴が好きだと繰り返してくれるように、わたしも言わなければならなかった。昴を不安にさせているのはわたしなんだ。

やっぱり連絡しよう。そう思って握っていたスマホに目を向けたけど、そこに表示された現在の時間は、午前三時。せっかく決意したけど、さすがにこの時間は気が引けた。

朝になったら、必ず。そう決意しても眠れそうにない。お茶でも飲もうと、部屋の電気をつけ、やかんに水を入れてコンロにかけた。

本を読もうかテレビを見ようか、迷いながらコップとティーバッグを用意しているとき、玄関のインターホンが鳴った。思わずピタリと立ち止まり、息を殺す。午前三時に誰？　恐る恐るドアに近づき、ドアスコープをそっと覗いた。そこにいたのは——

「昴⁉」

慌てて鍵を開けてドアを開く。

「よお。起きてたか？」

いつもよりも緊張気味にそう言った昴の顔は少し赤く、酔っているようにも見える。

「どうしたの？　こんな時間に」

「いや、ちょっと」

歯切れが悪そうに言う。こんな時間なのに……いや、こんな時間だからこそ、ここに昴がいることに驚く。うれしさと一抹《いちまつ》の不安が胸をよぎる。昴はなにを決意してここに来たのだろうか。

「朝になったら電話しようと思ってたの。よかったら入って。今お茶を飲もうと思ってたから」

そう言って玄関の扉を開くと、タイミングよくやかんが沸騰《ふっとう》した。慌ててコンロのスイッチを切ると、昴が玄関の鍵を締めて部屋に入った。

「緑茶でいい？」

「ああ、お構いなく」

マグカップにティーバッグを入れてお湯を注ぐ。少しだけ待ってバッグを取り出し、カップを二つ持って部屋に入ると、昴が所在なさげに座っていた。

こたつテーブルの上にカップを置き、布団を端に寄せて昴の斜め前に座る。

「変な態度を取って悪かった」

ふいに昴が言った。顔を向けると、少し困った顔をしている。

「昴」

「ただの嫉妬《しっと》だよ。お前と青木さん、仲良さそうにしてたし」

一美が言った通りということ？　昴の口からその言葉がでても、やっぱり信じられなかった。

「青木さんとは、本当になんともないのよ」

それでも慌てて言うと、昴が片手を上げる。

「わかってる。俺が勝手に突っ走っただけだ。朔兄《さくにい》にも陽にも、さっき散々怒られた。青木さんが挑発して来たのもわかってたのに、まんまと踊らされた」

昴が悔しそうな顔をする。

「挑発？」

青木さんが？　いつの間にそんなことがあったのか。問いかけると昴が苦笑いを浮かべた。

「まあ、それはこっちの話」

「わたしも悪かったわ。忙しいことで昴との時間をないがしろにしてた。本当にごめんなさい。ちゃんと話をしていれば、こんなことにならなかったのに」

昴に向かって頭を下げた。ドキドキしたけれど、言えたことにホッとする。昴が動く気配がした。

顔を上げると同時に抱きしめられた。久しぶりに触れたからだに涙がでそうになる。

「顔を見られなくて、寂しかった」

涙を隠すように、昴の胸に顔を押しつけてそう言った。素直に言えた自分に驚いていると、昴の腕にさらに力が入る。

「悪かった」

耳元で聞こえた声は熱い。昴の背中に腕を回し、そのからだを抱きしめた。

「わたしたち、お互いに頑固なんだって。青木さんに言われた」

「まあ、悔しいけど当たってるな」

低くかすれた笑い声。

「先はまだまだ長いんだから、少しずつ摺《す》り合わせて行こうぜ」

昴が未来を語っている。二人が一緒にいる未来だ。それが、すごくうれしい。頷く代わりに、昴をぎゅっと抱きしめた。

一人でする片思いと違って、恋愛は難しい。お互いの心の中は見えないのだから、言葉や態度で表す努力をしなければいけない。昴がそれをしてくれるように、わたしももっと伝えなくては。

からだを少し離して、昴と額《ひたい》を合わせた。そしてどちらからともなく唇をかさねる。最初はおずおずと唇を合わせるだけのキスだった。何度目かのキスで、昴の舌が入って来た。口を開いてそれを受け入れ、自分の舌をからめる。気が遠くなるほど心地よいキスを交《か》わし、そこから、まるで流れるように二人で布団の上に倒れ込んだ。

部屋着のすそから昴の手が入って来た。なにもつけてない素肌の胸に、大きな手が重なる。昴の唇が耳元を撫でるように動き、ゾクゾクと震えが走る。

「はあ……」

息を吐きながら、わたしも昴のシャツをジーンズから引き出し、慌《あわただ》しくボタンを外していった。広い胸に手を這わせ、そのまま肩を撫でると、昴がからだを揺すってシャツを脱いだ。

お互いの服を脱がせあい、いつの間にか二人とも裸になっていた。久しぶりに重なったからだは温かく、それがどれほど幸せなことか、実感した。

「奈央」

昴がささやき、そしてキスをした。たったそれだけで、わたしの中心が熱くなった。からまる舌に頭が痺《しび》れる。

少し汗ばんで来た背中を撫で、貪《むさぼ》るようなキスを返す。昴の手があちこちに動き、優しく、そして確実にわたしの感じる場所を愛撫していく。その気持ちよさに、唇を離して仰《の》け反《ぞ》る。

「はあ……あぁ」

露《あら》わになった首すじに、昴の唇が這う。それはそのまま鎖骨へ移動して、さらに下へとおりていく。胸の先端を舌先でくるりと舐め、強く吸われた。与えられた快感にビクビクと震える。

「昴」

目を閉じたままささやいた自分の声まで甘く聞こえる。静かな部屋の中に、お互いの息遣いと愛撫の濡れた音だけが響いている。

会いたくても会えなかった時間を、素肌を合わせることで埋めていく。今のわたしにとって誰よりも親密で近いところにいる昴の頭を両手で抱え、髪に指をからませる。

胸への愛撫は続いていて、わたしは徐々に高みへ押し上げられた。からだの中心が熱い。疼《うず》くようにそこが脈を打っている。

思わず閉じた脚の間に、昴の手が伸びる。大きくて熱い手で太ももを撫でられ、自然とまた、開いてしまう。そこに長い指が触れた。

「あんっ」

反射的にでた声は恥ずかしいほど甘い。それでも、昴に指を止めて欲しくなかった。

胸を愛撫していた唇は首すじに移動して、そのままわたしの耳を食《は》む。

「濡れてる」

昴のささやく声にからだが震えた。昴の指は襞《ひだ》を何度もなぞり水音を響かせる。くちゅくちゅという音のなか、目をぎゅっと閉じ、彼の愛撫を受け止め続ける。

大きく息を吐き、深呼吸をした。快感はさらに高まり、つま先が痺れる。いつの間にか大きく開いた脚の間で、昴の指がわたしの中をかき回していた。

「いやぁ……はぁっ」

あふれでる愛液が淫《みだ》らな水音を立てる。自然と浮き上がった腰が、昴の指をさらに呑み込んでいく。

「奈央」

耳からダイレクトに聞こえる昴の声。濡れた昴の指が敏感になった突起を擦《こす》り、わたしをどんどん追い詰めていく。昴が指で突起を弾いた瞬間、前触れもなく、わたしは絶頂を迎えた。

「ああ！」

昴の胸にしがみつく。わたしの秘部は、中にある昴の指をぎゅうぎゅうと締めつけていた。内側からさらに愛液があふれだし、昴の手とわたしの内腿を濡らす。

まだ少し痙攣《けいれん》しているからだから、昴の指が引き抜かれた。たっぷりと濡れたその指を、わたしの目の前で昴が舐めた。

「いやっ」

恥ずかしくて頬が染まる。そんなわたしを見て、昴は笑った。そして、そっと顔を近づけてキスをした。差し込まれた舌から愛液の味がして、それがわたしの心拍数をさらに上げていく。

昴がわたしの脚の間にからだを入れた。たっぷりと濡れたそこに、熱い高ぶりが触れる。早く満たして欲しくて、自然と腰が持ち上がる。

「待てって。このままじゃまずい」

笑いながら昴が言う。手を伸ばして、自分の荷物を探っているようだ。そのわずかな時間がもどかしい。

準備を終えた昴が、またキスをする。わたしは両腕を昴の首に回し、耳元でささやいた。

「早く……」

誰よりも昴に近づきたい。からだをぴたりと隙間なく合わせたい。体温をまじらせ、お互いに溶けてしまいたい。独占欲がさらに自分の体温を上げていく。

すでに迎える準備はできていた。十分濡れたそこに、熱い塊《かたまり》が当たる。だけど昴はわざとじらすように、入り口を何度もなぞっている。

「昴っ」

腕にぎゅっと力を入れ、昴を引き寄せる。心臓はすでに早鐘のように動いている。このままつながれば、壊れてしまいそうだ。それでも、求めずにはいられない。

「焦るなよ。時間はたっぷりある」

かすれた声で、それでも楽しげに昴が言った。そして熱い先端が少しずつからだの中に沈んでいく。襞《ひだ》が擦《こす》れるたびに疼《うず》くような快感が走る。

汗ばんだ背中をぎゅっと抱きしめ、昴を迎え入れる。徐々に満たされ、そしてすべてが自分の中に収まった。そこからじわりと広がるのは、快感と安堵。

ぴたりと合わさったからだは熱くて心地いい。心臓が重なり、同じ速さで鼓動を刻む。ため息をつき、脚をさらに広げてもっと深く受け入れる。

「な、お」

昴の苦しげな声がする。そっと目を開き、すぐそこにある潤《うる》んだ黒い瞳を見つめた。

「昴、好きよ」

ささやいて口づける。自分から舌をからめ、昴の唇をきつく吸った。昴のからだが少しずつ動きだした。力強く押しつけられる腰。何度も何度も中を擦られ、そのたびに快感が押し寄せる。

「ああ」

唇を離し息を吐く。満たされているのになにかが足りない。自分の腰を押しつけ、もっと深くまで彼を誘った。中心からあふれた愛液はさらに量を増し、つながった場所を濡らしていく。

「もっと。もっとして」

かすれた声が水音とともに響いた。耳元でまた昴が笑い、つながって濡れたそこに指を這わせる。そしておもむろに、愛液にまみれた敏感な部分を指先でつぶした。

「ああっ」

びくんとからだが跳ねる。しかし逃がさないとばかりに昴に押さえつけられる。彼の指はたくみに、そして確実にわたしを高みへと引き上げる。それと連動するように、昴が腰の動きを速めた。

「あ、あん。や、ああ……」

自分の口からでる甘い声。からだをぶつける音と水音が部屋中に響き渡る。

中と外と、同時に与えられる快感はあっという間にわたしの全身を駆け抜けた。

「ああっ……」

仰《の》け反《ぞ》ったからだは昴にぎゅっと抱きしめられた。押し上げられた快感が引く前に、昴がまた動きだした。叩きつけられるように動く腰、擦《こす》られるたびに生まれて来る新たな快感。

腕を引いて起き上がった昴が、わたしの脚を持って大きく開いた。さらに奥深くまで昴を受け入れる。苦しいほどの圧迫感。でもそれを幸福感が上回る。

いつの間にか閉じていた目をそっと開けると、わたしを見下ろす昴と目が合った。うっとりしたその表情で、彼自身も高みにいることがわかる。

腕を伸ばすと、昴が近づいて来た。受け止めるように抱きしめ、その首にしがみつく。お互いの汗で濡れているからだは、ぴたりとくっつき、隙間すらない。

その間も昴は動きを止めない。それは徐々に速さを増していく。わたしもタイミングを合わせて腰を上げ、彼自身を締めつける。

「奈央」

苦しげな声が聞こえたと同時に、強く腰を押しつけられた。わたしの最奥で、うすい膜越しに昴自身が爆《は》ぜるのを感じた。

どっと汗が噴き出し、力の抜けた昴のからだがわたしに被さる。その重さすらうれしい。汗で濡れた背中を撫で、深呼吸して息を整える。

どれくらいそうしていたのかわからない。永遠と刹那《せつな》の区別がつかないほど、なにもかも満たされていた。

「悪い」

呻《うめ》くように昴が言い、からだを起こした。

後始末を終えた昴が戻って来て、わたしを抱きしめてごろんと横になった。汗が引き始めた素肌はひんやりとしている。腕と脚をからませあい、またぴたりと肌を合わせる。愛を交《か》わした匂いが、二人から立ち上《のぼ》る。

昴が腕を伸ばして電気を消し、掛け布団をかけた。暗闇と温もりが戻って来た途端、急激な眠気に襲われる。それは久しぶりに訪れた、純粋な睡眠への欲求。それは昴も同じだったようで、二人でほぼ同時に気を失うかのように眠りについた。

再び目が覚めたとき、お日様はすでに高く上っていて、カーテン越しに部屋の中を明るく照らしていた。

わたしたちは眠りについたときと一ミリも変わることなく、同じ姿勢で抱きあっていた。昴はまだ眠っている。閉じた目の下には少しだけ隈があって、彼も疲れていたことが見て取れた。仕事が忙しいのも、会えなくて寂しかったのもきっとお互い様だ。

恋人になってまだ数ヶ月しか経っていない。知らないことがいっぱいあって当然だ。これからもこんな風に喧嘩になることはあるだろう。

だから昴が言うように、少しずつ解決していこう。それが恋愛というものだ。二人はこれからも一緒にいるんだから――

昴の首すじに顔を埋めると、彼の腕に少し力が入った。けれど昴の寝息は変わらず穏やかで、それがわたしを幸福感で満たしてくれた。

8

結局、その週末の間ずっと、わたしたちは抱きあって過ごした。思い出すのも恥ずかしいくらい、べったりと昴とくっついていた。からだが満たされると、当然のことながら心も満たされる。

わたしたちはもっとも原始的な方法で仲直りをしたのだ。

「なんだかすっきりした顔をしてるわね」

月曜日に一美に会った早々、給湯室に連れ込まれて言われた。思わず顔を赤らめてしまったのがまずかったのだろう。すぐに訳知り顔になった一美に、にんまりと笑われる。

「ふーん。仲直りができてよかったわね」

「心配かけてごめんって」

つい数日前、彼女に泣きついた自分を思い出し、頭を下げる。

「いいわよ、別に。じゃあわたしの情報はいらないかな。結構頑張ったんだけど」

「え、なに？」

ものすごく意味深な言い方に、気にならないわけがない。

「ちょっとね」

一美が口の端を上げて笑ったそのとき、昴が顔を覗かせた。

「ここにいたのか」

「昴。どうしたの？」

「今時間あるか？　ちょっと来て」

「なに？　どうしたの？」

「まあちょっと。遠藤も来いよ」

一美と顔を見合わせ、腑《ふ》に落ちないまま昴についていく。昴が向かったのは休憩室だった。そのさらに奥の通路の陰を指差す。

「あそこに隠れてて。すぐ戻る」

わけがわからないまま、とりあえずその場所に行った。

「なんなの？」

「さあね。でもなんだかワクワクしちゃうわ」

見るからにウキウキし始めた一美に呆れていると、休憩室に誰がが入って来た。そっと覗くと、昴と青木さんだ。

思わず一美と目が合う。驚きつつ、二人の様子を見守った。

「なにかな？　話って」

青木さんが人懐っこそうな笑顔を見せて昴に言った。昴は、怖いくらいにこやかだ。

「おかげさまでこの週末に仲直りしましてね。もう、ちょっかいをだしても無駄だとお伝えしようかと」

昴がそう言うと、青木さんの顔から一瞬笑みが消えた。青木さんは昴の顔をジッと見て、それからまた笑った。いつもわたしに見せる顔とは違う、にんまりとした笑い方だ。

「なんだ、残念。もうちょっと引っかき回せれば面白かったのに。意外と早かったね」

青木さんの口からでた言葉にギョッとなり、思わず声を上げそうになった。その口を、一美にすかさず塞《ふさ》がれる。

「確かに、面白かったでしょうね」

ニヤニヤと笑う青木さんの前で、昴の表情が呆れたものに変わる。

「わざと外回りの仕事を増やして、宮崎を忙しくさせましたよね。休日出勤になるように調整して、それをさもプライベートで二人で出掛けるんだと俺に匂わせてみたり。日曜日は休ませてやってだなんて、念まで押して」

驚いた。

確かに、青木さんが来てから尋常じゃなく忙しくなった。でも、それが作為的なものだったなんて、全然思わなかった。

昴の様子がおかしかったのは、やっぱり青木さんのせいだったんだ。

「宮崎は昔から俺をライバル視してた。だから、俺を追い抜きたくて仕方がなかった。その執着心を恋と勘違いしてる。俺にそうも言いましたよね」

その言葉に、心臓がドキンと鳴った。昴をライバルと思い、彼を追い抜きたかったのは本当だ。でもそれと、今の彼への好きだという気持ちは違う。ただひとつ言えることは、わたしは昴とつりあう女になりたかった。

少しずつ険しくなる昴の顔。それを見て、青木さんが楽しそうに笑う。

「当たってると思ったけどなぁ。現に、そのあと、きみたち二人、揉めたみたいじゃない？　違ってたらこんなことくらいで、喧嘩なんかしなかったでしょ？」

楽しそうな表情を崩さない青木さんに耐えられなくて、思わず一美の手を振り払った。

「自信がなかったんです、きっとお互い」

飛びだしてそう言うと、青木さんがそこで初めて驚いた顔をした。昴とわたしの顔を交互に見て、まいったなと笑う。

「やられたなぁ。酷《ひど》いことするねえ、伊勢谷」

「自分の目で見ないと、彼女は信じないと思ったんで。信頼してましたからね、あなたを」

悪びれる風もなく答える昴に、過去形かよと青木さんは笑った。

本当に楽しそうな態度だ。こんな状況なのに、青木さんの様子は最初からずっと変わらない。

「どうしてですか？」

「ただの嫉妬《しっと》だよ」

青木さんが微笑む。

「好きになった女が、いつの間にか違う男のものになってたら、普通は嫉妬するでしょ？　そのうち振り向いてもらえるかな、なんて思ってたし」

「でも青木さん、わたしのこと今は好きじゃないですよね？」

今のわたしなら、ただの好意と恋愛感情の区別くらいできる。青木さんから感じるのは、あえて言うなら同僚としての好意だ。

わたしがそう言うと、昴と青木さんが少し驚いた顔をした。

「どうして？　今でも好きだよ」

「それは違うでしょ」

今まで黙って聞いていた一美が口を開いて、青木さんの言葉をさえぎった。

「唯一なびかなかった奈央に、プライドが傷ついたんですよね？　あとわたし知ってますよ。青木さん、彼氏持ちの女の子に手をだして、赴任先で揉めたって。ここにも元カノがいっぱいいますよね？」

「人を色情狂みたいに言わないでよ。僕はただ可愛い女の子が好きなだけだよ」

酷《ひど》いなと青木さんが笑う。

「いつか絶対刺されますよ」

一美がギッと睨《にら》むと、困ったような表情に変わった。

「刺されるのは困るな。ごめんね。少しやりすぎたかな。本当に、ちょっとだけ困らせたかっただけなんだ。あのころより宮崎がいい女になってたからさ」

青木さんがわたしに言った。その表情は本当に申し訳なさそうにも見えるし、からかっているようにも見える。

「もうしないよ。真面目に仕事だけします」

降参したように両手を挙げ、まだ憮然《ぶぜん》とした表情の昴にごめんねと言って、にこやかにその場から去って行った。

「なんか、いい人か悪い人かわからない人よね」

思わずつぶやく。

「悪いに決まってる」

昴がきっぱりと言い、それに同調するように一美が頷いた。

「そんな人と、この先も一緒に仕事をしなきゃいけないなんて」

一美のその言葉に昴が顔をしかめる。

「やっぱり俺が補佐のままの方がよかった」

独り言のようにつぶやき、それからわたしを見た。

「奈央をどうこうしようとは思わないだろうけど、気をつけろよ」

昴は、なににとは言わなかった。わたしはというと、青木さんがいい人ではなかったという事実をまだ信じられずにいたけれど、でも昴を不安にさせるわけにいかない。

ぶんぶんと頷くと、彼はようやく満足した表情になった。

そのあと、微妙な気分のまま仕事に戻り、何事もなかったかのような様子の青木さんと一緒に外回りにでた。青木さんのいたって普通の態度に困惑しつつも、忙しくともすこぶる順調な仕事状況を考えて、自分も黙っていることに決めた。

性格に多少の難があっても、青木さんは仕事はできる人なのだ。

それからしばらくの間ヤキモキしていた昴だけど、以前よりわたしとの時間が増えたことで、少しずつ態度を軟化させていった。

そしてその週末。定時に仕事を終えた昴を目にしたのか、青木さんから「宮崎ももう帰れば？」と言われた。

「お詫びのしるしだよ」

なんてウィンクまでされて。

「なにがお詫びだよ」

いつもより早い時間に二人で会社をでたとき、昴が半ば呆れたように言った。

「でも、早く帰れるのはうれしいわ」

夕方とはいえ、空はまだ明るい。こんな時間に帰るのは滅多にないことだった。

「まあな」

昴が同じように空を見上げた。

「いつもより早いから、まだ腹は減ってないな」

「じゃあ、買い物して家で食べる？　なにか作るわよ」

そう言うと、昴がバッと振り向いて、まじまじとわたしの顔を見た。

「おまえ……料理できるのか？」

「なっ、で、できるわよ、普通に」

信じられないといった表情の昴を睨《にら》み、腕を叩く。

「凝《こ》ったものは無理だけど、一般的なものは作れるわよ」

「へえ」

さっきまでの機嫌の悪さをすっかり引っこめ、昴が楽しそうにわたしの手を取った。自宅の最寄り駅でおり、スーパーに入る。

「なに食べたい？」

「肉じゃが！」

様々な野菜を前に尋ねると、昴が即答した。

肉じゃがね。定番中の定番じゃないか。スナップえんどうとほうれん草をかごに入れ、精肉の方へ向かう。

「他の野菜は？」

「あるからいらない」

根菜は実家から送られて来るので買ったことはほとんどないのだ。牛肉と糸こんにゃくなどを買い、ついでにお酒、おつまみと朝食用の食材を買って、家路についた。

「適当にしてて」

昴にとっては、すでに勝手知ったる状態のわたしの部屋。彼の部屋着もクローゼットの定位置に置いている。着替えて、わたしがお米を研《と》いでいると、部屋着姿の昴が隣に立った。

「なんか手伝うか？」

「できるの？」

「一応」

じゃあと、にんじんとピーラーを渡すと、慣れた様子で皮をむきだした。

「慣れてるのね」

「まあな。俺んちの親も忙しくて、仕事が終わらないときは、兄弟三人で色々作って食べてたよ」

「へえ」

炊飯器をセットしてから、じゃがいもとたまねぎに取りかかる。にんじんの皮をさっさとむき終えた昴は、わたしの手からじゃがいもを取って、それもむいてくれた。その間にわたしは他の食材を切り、下ごしらえをする。

お鍋をコンロにかけ、だし汁を作り食材を入れていく。調味料を加えると、いい匂いが漂《ただよ》って来た。

座ってたら？　と言ったけれど、昴はずっと横にいて、わたしの手元を見ている。

「本当にできるのか、疑ってるの？」

副菜のほうれん草の胡麻和《ごまあ》えを作りながら聞くと、昴が違うよと言いながら笑った。

「だんだんでき上がっていくのを見るのが好きなんだ」

「なにそれ」

「ほら。デパ地下の実演販売とか、つい見ちゃうだろ？」

見ちゃうだろ？　って言われても――まあ見ちゃうけど。

「そうね」

気持ちはわからなくもない、なんて共感しつつ、料理を続ける。

また昴の意外な一面を知ってしまった。お互いがお互いのことを少しずつさらけだす。一緒に過ごすということは、こういうことなのだと改めて思った。

ご飯が炊き上がるのとほぼ同時に、肉じゃがもでき上がった。残り野菜でお味噌《みそ》汁も作り、こたつの上に並べる。昴のお茶碗やお椀はまだなかったので、他の洋食器で代用した。

「うまそうだ」

ウキウキした昴の声を聞くと、うれしくなる。

「いただきます」

手を合わせ、それから肉じゃがに箸《はし》を伸ばす。

「うまい！」

「そう？　よかった」

なんてさらりと言ったけど、内心はドキドキしていた。実はこれまで、他人に手料理を振舞ったことは皆無《かいむ》だったからだ。

自分の作った料理を目の前で食べられるのは、何だか不思議な気分だ。でも、おいしそうに食べる様子を見ると、うれしくなって来る。

料理をすっかりたいらげ、満足そうにくつろいでいた昴が思い出したように言った。

「そうだ。なあ、連休に入ったらデートしようぜ」

「いいわね、今度こそ」

青木さんに邪魔されて以降、忙しくて本格的なデートはできていなかった。ほぼ毎日会っているとはいえ、やはりデートはしたい。

「GWだから混んでるかもしれないけど、上野にでも行かないか？」

「上野？」

「行ったことない？」

「ない」

もう何年も東京に住んでいるけれど、観光地と呼ばれる場所にはほとんど行ったことはない。

「きっと楽しめると思う」

昴が言い、とんとん拍子に話はまとまった。

週末を二人でゆっくりと過ごし、その後の連休までの間は、いつも以上にスケジュールを詰めて仕事をした。

そして迎えたGW初日。駅で待ち合わせをして、昴と手をつないで上野公園の中を歩いた。初めて訪れたそこは、想像以上に広く、大きな木々が沢山ある。

「せっかくだからハシゴしようぜ」

GWで賑《にぎ》わってる園内を歩きながら昴が言った。

「ハシゴ?」

「ああ、ここは美術館とか博物館がいっぱいあるんだ。せっかく来たんだから何か所か回ろう」

言葉通り、この日一日で、昴は博物館を二か所、美術館を一か所、最後に動物園にも連れて行ってくれた。

貴重な仏像や美術品、恐竜の化石、そして長い間宇宙を彷徨《さまよ》いながら、それでも無事に地球に帰還した小型探索機の複製。

最後に訪れた動物園では、生まれて初めてパンダを見た。

今日一日で、どれほど新たな発見があっただろう。こんなに身近な場所に、こんなに楽しめる場所があったとは。

「わたし、東京のガイドブック買うわ」

夕食を終え、わたしの部屋へ帰る道すがら昴に言った。昴が面白そうに眉を上げる。

「へえ」

「だって。わたし、東京に住んでるけどなにも知らないもん。楽しいことを知らないなんて、なんだか損をしている気持ち」

「そうかねぇ」

「そうよ。だから手始めにガイドブックを読んでみる」

「そのときはお供しましょ」

手を握りながら、昴が笑って答えた。

「なあ、奈央」

「なに？」

「ずっと考えてたんだけどさ。……一緒に暮らさないか？」

あまりにもさらりと言ったので、一瞬言葉の意味がわからなかった。

「……え？」

目を見開くわたしを見て、昴が照れたように笑う。

「仕事が忙しくて会えないのはこの先何度もあるだろ？　一緒に住めば、必ず会える。会えたら話もできるし、この前みたいな誤解も生まれないだろ？」

「そう、ね」

驚きながら、でもうれしさが込み上げて来た。

昴と別れて一人で家に帰るのが寂しいと思い始めたのはいつごろだっただろう。慣れているはずの部屋がやけに冷たく、寂しく感じられた。もっと一緒にいたいと彼に言っていいのだろうかと、ずっと考えていたのだ。

「そうしよう」

答えると、昴はホッとしたように笑った。

「早速明日から不動産めぐりしようぜ。どんな部屋がいい？」

「今より星が見えるとこ」

よく考える前にそう答えていた。昴がまた笑う。

「言うと思った」

つぶやいた声は楽しげで、嬉しそうなその顔に、わたしも笑顔を返した。

9

有言実行の昴は、宣言通りデートの翌日から早速動きだした。

まず最初にわたしの実家に連絡をして、結婚を前提とした同棲《どうせい》の許可を取った。驚いたけれど、それを一番大事なことだと言ってくれた昴を心底誇らしいと思う。

そのあとに昴のご両親にもお話しして、そして、二人でじっくり話し合った。出勤時間や家賃の相場を考慮して地域を選び、時間をかけてネットで調べる。実際に地元の不動産屋も訪れ、いくつもの物件を見て回った。

部屋探しと平行して、わたしは少しずつ不用品の処分を始めた。一人暮らし歴十年の間に徐々に溜《た》まっていった荷物は、改めて見ると意外と多い。毎晩片づけをしても、なかなか進まなかった。それでもビニール袋を手に、今後必要なものとそうでないものに分けていく。

だんだん片づいて来るわたしの部屋。最初に東京に出て来たときは、六畳一間のワンルームに住んだ。就職と同時に、少し広いここに引っ越して来たのだ。ずっと仕事が忙しくて、ほぼ寝るためだけの部屋だったけれど、愛着はある。わたしだけの城だ。寂しくもあるけれど、これから始まる昴との生活を思うと、うれしさが込み上げて来る。

ようやく気に入った物件が見つかったのは、梅雨《つゆ》が明けるころだった。一番の決め手は、やはり景色だ。

最寄駅から徒歩七分の川沿いの五階建てマンション。最上階のリフォーム済みの２ＬＤＫの部屋で、広いベランダがある。周りに大きな建物がないおかげで、見晴らしのいいそこには大空が広がっていた。この場所から見えるだろう星空に大いなる期待を抱き、そして契約を決めたのだ。

部屋が決まっても、それで終わりではない。相変わらず仕事は忙しかったけれど、合間を縫って昴と二人で新居の寸法を測り、新しい家電や家具を揃えていった。

今のアパートの解約の都合もあって、引越しをしたのは夏を迎えた週末のこと。

リビングの窓を大きく開けると、ほんの少しだけ涼しい風が吹き込んで来た。首に巻いたタオルで汗を拭い、まだ高い位置にある太陽を見つめた。

「奈央さん、この段ボールどこに置く？」

後ろからかけられた声に振り返る。昴の兄の朔さんが、大きな段ボールを二つかさねて持っていた。

「あ、玄関の右側の部屋にお願いします」

「了解」

結局、わたしが使っていた家具や家電は、ほとんどリサイクルや粗大ごみとして処分してしまった。実質持って来た荷物は、衣類と雑貨、本など段ボールで十数箱。引っ越し業者を頼むのはもったいないと、朔さんが実家の軽トラを借りて運んでくれた。昴の荷物は陽くんが一緒に運び、家具の配置や細かな片づけも二人が手伝ってくれている。

「あっちぃ。重いっ。どうしてせっかく置いたものをまた動かすんだよ！」

「イメージが違うんだよ。さっさと持て。終わったら冷たいビールが待ってる！」

頭にタオルを巻いた陽くんと昴が汗だくでタンスを運んでいた。

「イメージってなんだよ。最初に決めとけっ」

「うるさい。子どものころ、宿題を代わりにやってやったのは誰だと思ってんだ⁉」

さっきから昴と陽くんはこんな風に言い合いながら作業している。あまりの口調の激しさに思わず目を見開くと、朔さんがいつものことだと笑った。

みんなでわいわい言って片づけを終えたときには、すっかり日が暮れようとしていた。

新しいエアコンを強風にセットして、熱気であふれた部屋を冷やす。昴のご両親がお寿司やお惣《そう》菜《ざい》、冷えたビールと飲み物を大量に持って部屋にやって来てくれたころ、ようやく汗が引き始めた。

「お手伝いできなくてごめんなさいね」

「いえ！　こんなに沢山ありがとうございます」

申し訳なさそうに言う昴のお母さんに、いやいやと手を振る。テーブルに並べきれないほどの料理は、お疲れ様の乾杯と同時に男性陣の口の中に勢いよく消えていく。

昴の実家は川を挟んだ向こう側にあって、割合近くだ。

大騒ぎしながら飲み食いする昴たちを呆れ顔で見つつ、お母さんがこっそりと言った。

「昴は頑固で我がままだけど、仲良くしてやってね」

「はい」

頑固なのはお互い様だ。それでも、うまくやっていく方法があるはず。

笑顔で頷き、改めて自分の中でも決意する。

ほろ酔いになったみんなが帰り、部屋に静けさが戻って来た。二人で後片づけをして、お風呂から上がったころにはすでに真夜中だった。

昴がベランダの窓を開けてわたしを手招きした。並んでベランダに立つ。そこに広がるのは、これまで東京で見て来たよりも、圧倒的に広い夜空。見える星の数はやっぱり少ないけれど、見渡す限り、空が続いている。

「ここにしてよかったな」

夜空を見上げて昴が言った。

「そうね」

肩を触れ合わせ、同じように見上げた。

「明るい星が三つあるのがわかる？　こと座のベガ、わし座のアルタイル、はくちょう座のデネブ。三つの星を結んで夏の大三角って言うのよ。ベガは織姫《おりひめ》、アルタイルは彦星《ひこぼし》とも言うわ」

「へえ」

「東京では見えないけど、天の川が真ん中を通っているの」

どれだけ目を凝《こ》らしても、天の川なんて見えない。けれど、川面《かわも》に反射した街の明かりが、まるで星のようにキラキラと輝いていた。

新しい生活が始まる。少し前には考えられなかった昴との生活が。お互いに頑固でわがままだから、この先もぶつかることも、喧嘩することもあるだろう。それでも、前に昴が言ったように、少しずつ摺《す》り合わせていこう。

「これからもよろしくな」

顔を向けると、昴もこっちを向いて笑っていた。

「こちらこそ、よろしく」

顔を見合わせ笑う。自然に顔が近づき、短いキスをひとつして、また二人で空を見上げた。

漆黒《しっこく》の空に、夏の星座がいつまでも輝いていた。

Sunny Day

「旅行にでも行かないか？　近場に一泊くらいで」

昴がそう言ったのは、九月に入ったころ。週末の夕食を自宅で食べていたときだった。

同棲《どうせい》を始めてよかったことは、食卓が賑《にぎ》やかになったことだろう。ついでに言えば、器用な昴は料理も堪能《たんのう》で、時間のある週末は率先して作ってくれる。本当になんでもできる男なのだと改めて実感した。

「旅行？」

「今度また連休があるだろ」

壁に貼ったカレンダーを昴が指差す。つられて見ると、確かに半ばごろに三連休があった。

「せっかくだから、どこかに行こうぜ。二泊でもいいけど、一日はゆっくりしたいだろ？」

「そうね。確かに」

平日が忙しいので、普段の週末はほとんど遠出しないで、からだを休めることが多かった。それに、わたしの実家に泊まったことはあっても、二人での旅行は初めてだ。そう思うと、俄然《がぜん》行きたくなって来た。

「いいわね、旅行。行きたいわ」

「よし。どこか行きたいところはあるか？」

「そうねえ……」

考えながらテレビを見ると、とある牧場が映っていた。沢山の動物と、一面に咲いたピンクの花が印象的だ。家族向けの場所のようだけれど、普段目にしない景色に興味を覚えた。

「ここ行ってみたい」

わたしが言うと、昴がテレビを見た。

「へえ。いいんじゃないい。俺も行ったことないし」

食器をわたしが片づけている間に、昴がノートパソコンをだして早速検索する。

「車で三時間くらいだし、ちょうどいい距離だな。食事もできそうだし、近場にも色々あるし。ホテルは……っと」

なにをやらせてもそつなくこなす昴は、わたしの意見を取り入れつつ、地図を見ながらパパッと予定を立てていく。ホテルも運よく空きがあり、迷うことなく予約を入れた。

昴が言いだしてから一時間足らずで、旅行は現実になった。優秀な営業マンは、何事も素早いようだ。

「よし。これであとは晴れるのを祈るばかりだな」

「そうね、楽しみだわ。会社にもお土産《みやげ》とか買った方がいいかな？」

「一泊だし、近場だから別にいいんじゃないか。それより子ども用の土産の方が多そうだから、お兄さんちの子どもたちになにか選ぼうぜ」

「そうね。喜ぶかも」

期待が余計に高まる。昴とずっと一緒にいるけれど、やっぱりデートや旅行は特別だ。当然、お天気は晴れた方がいいに決まっている。子どものときの遠足以来の強い気持ちで、当日の晴天を願った。


旅行までの間、平日は忙しく仕事をこなす。相変わらず青木さんとは一緒で、たまーに僻《ひが》みっぽく言われることはあるけれど、今のところ実害はない。

「今度伊勢谷と旅行に行くんだって?」

実害はないと思っていたけれど、青木さんに面と向かってそう言われたときは、さすがにギョッとした。

「な、なんで知ってるんですか?」

「あれ、当たってた?　いや、伊勢谷がさっき、ガイドブックを眺めてニヤニヤしてたからさ。宮崎にカマをかけてみた」

さらりとそう言って青木さんが笑う。初めて、青木さんのことを薄ら寒く思ってしまった。

「お土産《みやげ》、期待してるね」

「……はい、もちろんです」

その青木さんのおかげで、わたしたちのささやかな一泊旅行はみんなの知るところとなり、昴を軽く苛立たせた。とはいえ、すでに同棲《どうせい》までしているわたしたちなので、いまさらといったところだ。

「なんで青木さんにバレたんだ？」

旅行の前夜、荷造りをしながら昴が言った。荷造りとはいえ一泊だけだし、ホテルにアメニティも揃っているようなので、着替えくらいしかない。

「昴がガイドブックを見ながらニヤニヤしてたって」

「あの人、本当に油断ならないな」

昴ががっくりと肩を落とす。

「まあいいじゃない。お土産忘れないようにしようね。それより、明日天気になりそうでよかった」

「そうだな。一昨日までの雨が嘘みたいだ」

昴が窓の外を見ながら言った。外は雲ひとつない、漆黒《しっこく》の空だ。台風のおかげで一昨日まで強風と雨の日々だったけれど、祈りが通じたのか、タイミングよく過ぎ去ってくれた。

「天気が悪いと、話にならないからな」

昴の満足そうなつぶやきに、わたしも頷いた。

旅行当日、朝早く起きて窓のカーテンを開けると、期待した通り目の覚めるような青い空だった。

「渋滞になる前にでよう」

昴が言って、朝ごはんも食べないまま車に乗り込んだ。車はすぐに高速に乗り、一路海を目指す。どこまでも広がる青い空。窓を少しだけ開けて風を取り込むと、とっても気持ちがいい。

「ほんと、いい天気になってよかったわね」

「晴れ男なんだ」

「誰が？」

「俺が」

「本当に？」

「今、思った」

「なによ、それ」

思わず噴き出し、もう一度窓の外を見る。他愛ない会話が、ものすごく楽しい。自分でも浮き足立っているのがわかった。

順調に走っていた車だったけれど、連休初日ということもあり、やがて少しずつ渋滞し始めた。

「もう混んでるのか。朝めしがてら、休憩しよう」

半ば諦めたように昴が苦笑し、すでに混雑している海の上にあるサービスエリアに車を停めた。

ドアを開けた途端、海の匂いがした。建物の中に入ると、上の方までエスカレーターが伸びている。

「上まで行こう。展望デッキがある」

昴が言い、わたしの手を引いてエスカレーターに乗った。最上階でおり、デッキを歩いて一番端まで行く。目の前に飛び込んで来た風景に、思わず昴の手を離して柵に駆け寄る。柵にぎゅっと掴まって、身を乗りだした。

「うわーっ、すごいねー！」

目の前には海が広がっている。実家の海とは違う、都会の海。行き交《か》う船の数が多い。水は濁《にご》っているけれど、それでも台風に洗われた空は青く澄み渡っている。その海と空の広さに感動を覚えた。吹いて来る海風は強く、潮の匂いとともにわたしの髪を吹き上げる。

「奈央！」

呼ばれた声に振り返ると、目の前でパシャっと音がした。

「すっげー頭」

昴が笑いながら、わたしにスマートフォンのカメラを向けていた。

「ちょっとーっ。もうちょっとマシなとこを撮ってよ」

乱れた髪を直しつつ昴を睨《にら》むと、にっこりと笑う。

「いつでも奈央は可愛いって」

「はっ？」

「お、いい景色だな」

慌てるわたしなんてお構いなしに、昴が柵に手をかけ、同じように海を眺めた。昴のストレートな言葉に戸惑いつつも、うれしさが少しずつ込み上げて来る。

「もうっ」

昴のからだに腕をぶつけるようにして、柵に掴まった。昴の笑い声とともに、その手が重なる。

海風は冷たいけれど、そこだけがじんわりと温かい。

海を見ながら二人でぐるりと通路を歩き、あちこちを指差して、年甲斐《としがい》もなくはしゃぐ。人が増えて来たところで建物の中に入り、朝食を軽く食べて、飲み物を買って車に戻った。

「さて、本格的に渋滞になる前に行くぞ」

「しゅっぱーつ」

勢いよく言ったわりに、のろのろと車は走りだした。ずっとこのままかと心配したけれど、途中から車は減り、スピードも上がった。

海が終わり、田畑が広がる。山が近づき、見えて来る景色に少しだけ懐かしさを感じた。高速をおりてナビの示す道を走り、山を昇るつづら折りの坂道を進むと、牧場の入り口が見えて来た。

「着いたぞ」

昴が駐車場に車を停めてドアを開けた。山の上だからか、気温が低いように感じる。けれど、太陽がさんさんと降り注いでいるので、気持ちがいい。

チケットを買って中に入ると、広大な芝生が広がっていた。

「わー！　広いねえ」

遠くにはテレビで見たピンク色の花畑が見える。反対側にはバンジージャンプの建物もあった。

他にも遊具が沢山あるようだ。

「色々あるのねえ。動物だけじゃないんだ」

「だな」

パンフレットを見ていた昴が顔を上げ、花畑の方向を指差す。

「とりあえずあそこまで行ってみようぜ」

昴が差しだした手を握り、歩きだす。ショーが行われる建物やバーベキューが楽しめる建物を横目に、坂道を下っていく。

牧場の敷地は広大で、すぐそこに見えてもかなり距離があった。動きやすいようにと、ジーンズとスニーカーにして本当によかった。

遠くから見えていた花畑は、近くで見ると広大だった。目の覚めるような一面のピンク。

「すごい！　きれい!!　写真撮ってよ、昴！」

「はいはい」

呆れ声の昴を急《せ》かし、花と一緒に入るようにわたしの写真を撮ってもらった。当然、髪をちゃんと整えておく。

「俺も入れろよ」

昴が言い、今度は二人でくっついて自撮りする。

わー。なんかわたし、普通のデートしてる。

恋人がいないときは、くっついている見ず知らずの恋人同士を冷めた目で見ていた。ツーショット写真なんて、もってのほかだと思っていたのに。今のわたしは、昴と手をつなぎ、頬をくっつけてお花と一緒に写真を撮っている。

「人間って変わるものよね……」

「は？」

「なんでもない」

訝《いぶか》しむ昴に手を振り、すぐ近くの人が集まっている場所を指差す。

「あっち行きたい」

「はいはい。お供しましょ」

昴を従えて歩くのは気分がいいものだ。

柵で囲まれたそこには〝ふれあい牧場〟と書かれていて、動物が放し飼いにされていた。

「きゃー、可愛い」

小さな子どもたちにまじって、隅っこで寝ている子羊のからだをそっと撫でる。

「わー、もこもこっ」

指に少し力を加えると、思った以上に埋もれていく。

「昴、見て見て！」

「見てるって」

羊に触ったまま顔を上げると、昴がスマホを構えたまま笑っていた。

「ほら、笑ってこっち向けって。年賀状用に撮ってやる」

「何年後よ!?」

それでも、恐る恐る子羊に顔を近づけて笑顔を作る。子羊は慣れているのか、微動だにしない。

昴も近寄って来て、子羊を挟んで一緒に写真を撮った。

「本当にふわふわだな」

子羊のからだに指を埋めて、昴が目を見開いた。

「想像以上だよね」

表面の毛は少し薄汚れていて硬いけれど、肌に近い部分は真っ白で本当に柔らかい。

もっと他の動物も触りたいと周りに目を移すと、隅の方にカメがいるのが見えた。

「昴、カメがいる、カメ！」

駆け寄って見ると、体長五十センチくらいの大きなカメだ。硬い甲羅《こうら》にそっと触れる。想像通りの硬さに、思わず笑ってしまう。

他にも子牛やカピバラがいて、思う存分触って写真を撮った。

「わたし、こんなに触ったの初めてよ」

「そうだろうな、その喜びようは」

昴になにを言われても、楽しいものは楽しい。もう一度、さっきの子羊のやわらかな毛を堪能《たんのう》した。

「そろそろショーが始まるぞ」

腕時計で時間を確認した昴が言う。名残惜しかったけれど、また元来た道を戻った。

羊のショーが行われる建物の中にはすでに沢山の観光客がいた。昴がなんとか席を見つけ、二人で並んで座る。

ステージには世界中から集まったという、十数種類の羊たちがいた。その中の一頭の毛があっという間に刈られていく。その手際のよさに歓声が上がり、わたしたちも大きな拍手を送った。後半には牧羊犬も出て来て、最後は羊たちに触ることもできた。

大満足で建物をでたときにはもうお昼時だった。ジンギスカンが食べたいと言った昴を睨《にら》みつけ、レストランに入ってステーキ——これもどうかと思うけれど——を食べた。

お腹がいっぱいになったところで、また園内を散策することにした。

「馬に餌《えさ》をあげられるって」

芝生の坂をおりながら、下に見える馬のエリアを指差す。馬場では数頭の馬が、お客さんを乗せてゆっくりと歩いているのが見えた。

「馬に乗れるのかしら？」

「みたいだな」

〝うまの牧場〟と称するそこで、まずにんじんスティックの入ったカップを買った。厩舎《きゅうしゃ》の中から顔をだす馬たちに恐る恐るにんじんを差しだすと、がぶっと勢いよく食べた。

「うわっ。でも可愛い」

向こうの方にいる馬は、催促しているのか、壁をドカドカと蹴っている。

「もうちょっと待ってて」

言いながら順番ににんじんをやっていると、いつの間にか姿を消していた昴が戻って来た。

「乗馬体験、すぐ乗れるって。乗るか？」

「ほんと？　乗りたい。でもちょっと待って」

ドカドカ壁を蹴り続ける馬の前に立つと、ぐいぐいと頭を近づけて来る。目は飛びでそうなほど大きく見開いていて、可愛いというより恐ろしい。

「こいつ、必死だな」

昴がおかしそうに笑い、わたしの持っていたカップからにんじんスティックを一本取って顔の前にだす。すると、あっという間に馬の口の中に消えた。

「こわっ」

珍しくびっくり顔の昴が面白い。

「もっとゆっくりやればいいのよ」

最後のにんじんをそーっと馬の顔の前に差しだすと、さっきよりも早くなくなった。素早く、そして大きく開いた口は、自分の手ごと食べそうな勢いだ。

「ひっ」

わたしが声にならない声を上げると、昴にゲラゲラ笑われた。馬がまた壁をドカドカと蹴り始めたけれど、もうカップは空っぽだ。

「他の子からもらってね」

歯をむきだして催促する馬に別れを告げ、昴と乗馬体験の列に並んだ。しばらく待ってわたしの番になり、出て来た馬を見て、後ろにいた昴が噴き出した。

「おい、さっきのヤツじゃないか？」

「えっ？　まさか」

疑いつつ見ると、目の前に用意されたのは、さっきわたしの手まで食べようとした馬だった。

「期待を裏切らない女だな」

昴の楽しそうな顔を睨《にら》みつけ、係りの人の手を借りて、恐る恐る乗ってみる。乗馬自体初めてなので、その高さに驚いた。

「お願いだから暴れないでよ」

小さな声でお願いしたのが効いたのか、馬は大人しく馬場を歩きだした。さっきまで餌《えさ》を求めて大暴れしていた馬と同じとは信じられないくらいだ。

怖かったのは最初だけで、あとは純粋に乗馬を楽しんだ。係りの人に引かれて馬場を一周するだけのコースだけれど、ものすごく楽しい。それでも、妙に力が入ったのか、無事に到着して馬からおりたときには、脚が少しガクガクした。

「あいつ、暴れなかったな」

わたしのすぐ後ろにいた昴が、馬からおりてそばまで来ると、残念そうな顔をして言った。ムカつく男だ。

「ちゃんと仕事はする子なのよ、きっと」

言い返すわたしの手を取り、笑いながら昴が歩きだす。芝生の坂を上る途中にあるベンチの近くで立ち止まった。

「ちょっと飲み物買って来るから、ここにいて」

「わかった」

芝生の坂を上っていく昴を見送る。目を移すと、すぐ近くに小さめの柵があって、中にアルパカが一頭いた。

「わー……」

夏の名残で毛のないアルパカは、可愛いとは少し言いづらかった。それでも大きな目は愛嬌《あいきょう》たっぷりだ。

「触れるのかな」

そっと手を伸ばそうとしたとき、足元をなにかが横切った。

「え、なに⁉」

驚いて下を見ると、二つか三つくらいの小さな女の子が柵の中に入ろうとしている。

「ダメ！　あぶないわよ」

慌てて声をかけると、女の子がピタリと動きを止めた。そして、ゆっくりと顔を上げる。きょとんとした顔が可愛らしい。

「中に入っちゃダメよ。アルパカさんがびっくりしちゃうから。お母さんはどこ？」

周りを見回しても、親らしき人はいない。

「やだ。迷子かしら」

目を戻すと、いつの間にか女の子が柵の一段目に立っていた。

「うわっ。危ないってば」

支えようとして一歩脚を踏みだした途端、ぐにゅっと沈む感覚がした。下を見ると、ちょうどそこにだけ台風の名残なのか、ぬかるみがあった。わたしのスニーカーはあっという間に泥まみれだ。よく見れば女の子の小さな靴も泥で汚れていた。

「おうまさん、おうまさん」

ハッと顔を上げると、女の子が片手をアルパカの方へ伸ばしていた。その体勢は明らかに不安定で危なっかしい。

「馬じゃないわよ。アルパカって言うの。危ないからおりようね」

わたしが手を伸ばしたのとほぼ同時に、女の子が柵から脚を滑《すべ》らせた。

「危ない！」

反射的に両手を広げて女の子を受け止め、そのままぬかるみの中に膝をついてしまった。膝がみるみる冷たくなって来る。それでも女の子は無事だ。

「大丈夫？」

抱えたまま聞くと、小さく頷いた。顔を覗きこんでみても、まだきょとんとしている。怪我はしていないようだ。

「さて、どうしよう」

女の子を抱えたまま、両膝を地面についてほぼ座っている状態のわたし。とりあえず女の子を降ろさないことにはどうにもできない。女の子を片手で抱えようとしたとき――

「お前はなにをやってんだ？」

呆れた声が真後ろで聞こえた。首を反らして見上げると、昴が立っていた。

「昴、よかった。この子が柵から落ちそうになったから受け止めたの。手伝って」

昴がひょいと女の子を抱き上げる。軽くなったところで、目の前の柵に掴まってなんとか立ち上がった。膝から下は両脚とも泥だらけだった。

「大丈夫か？」

「まあ」

服は大丈夫ではないけれど。

「迷子か？」

「みたいよ。周りにはいなさそうだし」

もう一度見回してみたけれど、やっぱり親らしき人物はいない。昴に地面に下ろしてもらった女の子は、大人しく昴の手を握り、うっとりとした顔で彼を見上げている。昴の魅力に参った幼児は、千香だけではないようだ。

「とりあえず案内所に連れて行こう。ほら」

昴がわたしに手を差しだした。なにも考えずに伸ばした手は泥まみれだ。

「どうした？」

思わずひっこめた手を昴が見つめる。

「手も汚れてるから」

「なにをいまさら」

昴が腕を伸ばしてわたしの手をぎゅっと握った。

「汚れたわよ」

「平気だろ」

泥まみれの女の手を引く爽《さわ》やかイケメン。周りからはかなり奇異な目で見られたけれど、仕方がない。

せっかく旅行に来たのに、なにしてるのかしら、わたし。悪いことをしたわけじゃないのに、がっかり感は半端なかった。着替えのスカートは持っているけど、車の中だ。

出入り口の近くにある案内所に入り、係りの人に迷子だと告げたと同時に、女の子がパッと手を離して走りだした。

「お、おい」

「あーちゃん！」

昴と女性の声が重なる。慌てて外にでると、女の子の母親らしき女性が女の子をぎゅっと抱きしめていた。そしてわたしたちに目を向ける。いや、正確に言うと昴だけに。

「すみません。ちょっと目を離したすきにいなくなってしまって」

「いえ。会えてよかったですね」

昴がとっておきの営業スマイルを浮かべる。頬を赤らめた親子連れは、何度も振り返りつつ去っていく。

「おねえちゃん、ばいばい」

最後に女の子が手を振ってくれたことで、心の中にあったモヤモヤがすっと消える。母親とは一度も目が合わなかったけれど、それはまあ仕方ないこととしよう。

「ばいばい」

わたしも手を振り返した。

「よかったわね」

「ああ。とりあえず、手を洗いに行くか」

「そうね」

ずっとつないでいたお互いの手は、当然ながら泥にまみれている。近くの水道で手を洗い、ついでにスニーカーとジーンズをできる限り洗ったら、案の定びしょ濡れになった。まあ、幸いなことにこの晴天だ。まだ暑いし、少しずつ乾いてくれるだろう。

「すごいことになってんな」

わたしの姿を改めて見て、昴が苦笑いしながら言った。

「仕方がないでしょ。不可抗力よ」

「その姿も写真に撮っておくか？」

「もう、やめてよ」

怒ってはみたものの、自分で見ても笑うしかない。

「まあ、あの子が怪我しなくてよかったな。そっちの方がきっと凹《へこ》むだろ？」

確かに、目の前で怪我をされたら、きっと助けられなかった自分を責めるだろう。そういう意味では結果オーライということか。

「着替えはあるのか？」

「ん。明日穿くスカートはある」

「どうせあとはホテルに行くだけだし、今日はそのままで頑張れ。ほら」

差しだされた昴の手はピカピカだ。今度は迷わずその手をぎゅっと握る。

「もうそろそろ行くか」

「そうね。その前にお土産《みやげ》買わなきゃ」

「そうだった」

きっと青木さんを思い出したんだろう。昴が顔をしかめた。

出入り口の横にあるお店には、沢山の土産物が並んでいた。牧場内で手作りされたハムやベーコン、乳製品も気になる。

「どうしようか」

商品を見ながら昴に尋ねる。

「ベーコンは配りようがないから、無難なお菓子がいいんじゃないか。持って行きやすいし」

「そうだよね」

会社用にとお菓子を数箱選ぶ。哲弥と千香の好きそうなグッズを見て、自宅用にはジャムやタオルを買った。

結果、結構な量になった荷物を両手に持ち、牧場をでて駐車場に向かう。ジーンズは少し乾いて、残った泥が白っぽくなっている。

「ねえ、このまま乗っていいの？」

「いいって。俺の靴も同じくらい汚れてるんだから」

荷物を積んでいる昴の足元を見ると、スニーカーの泥汚れがすごい。さっき水道で洗った分、わたしの方がきれいだ。

では遠慮なくとシートに座ると、運転席に座った昴がナビを操作してホテルの場所を入力した。

「一時間弱ってところだな。ちょうどいい時間だ」

時刻は午後三時過ぎ。たしかにいい時間だ。

車が動きだし、牧場から徐々に遠ざかっていく。服は汚れてしまったけれど、それを差し引いても楽しかった。

「また来ようね」

「ああ。今度はバンジージャンプやろうぜ」

「それは嫌」

「なんだよ、つまらないヤツだな」

昴が笑った。

車はまた高速に乗り、さらに南下する。岬《みさき》にある海の近くのリゾートホテルに着いたころには、ジーンズは半乾きの状態になっていた。

車からおりて少し離れた場所でジーンズをはたくと、残った泥が白い砂埃《すなぼこり》になって舞い上がる。何度も叩いていたら、手が痛くなって来た。

「その辺でやめとけよ」

荷物を持った昴の呆れ声がしたけれど、この先のことを考えたらここで少しでもきれいにしておきたい。

気のすむまでジーンズをはたき、先にロビーに入っていった昴を追いかけると、ちょうどチェックインが終わったところだった。

「ごめん。お待たせ」

昴の持っている自分の荷物に手を伸ばしたけれど、渡してはくれなかった。そのままエレベーターに乗り込み五階まで上がる。昴はエレベーターのすぐ近くの扉を開けた。

「わー。海が見える！」

目の前に海が広がっている。瀬戸内海とは違うここは、太平洋だ。果てしなく海が続いている。海の見えるダブルルームで、大きなベッドがなんだか恥ずかしい。とりあえず部屋の中を探索してから、荷物を整理した。館内のパンフレットを見ていた昴が外へ行こうと誘ったのは、やっと椅子に座ったときだった。

「夕飯まで時間があるし、ちょっと散歩しようぜ」

パンフレットを見せてもらうと、ホテルの敷地の中にはチャペルがあるらしい。周辺にはキャンプ場や公園が沢山あった。海岸にもおりられるようだ。

貴重品だけを持って、外にでる。チャペルを横目に遊歩道を歩く。敷地を抜け、十五分ほど歩いたところで海岸におりる階段を見つけた。

「おりてみるか？」

「うん」

「足元、気をつけろよ」

昴が伸ばした手を握る。海岸は砂浜ではなく岩場なので、足場が危うい。ここで泳ぐことも禁止されているようだ。それでも、目の前に広がる景色は絶景だ。わたしの地元と海はつながっているはずなのに、見る場所によってこんなにも印象が違うのかと驚かされる。

「すごいねぇ」

「そうだな」

ここが砂浜だったら、寝転がって一晩中夜空を眺めていたいくらいだ。

「あっちの方も行ってみよう」

昴が高台を指差す。また階段を上り、遊歩道をぶらぶらと歩いた。高台には公園があり、そこからも海が見えた。ベンチに腰掛け、海を眺めながら、徐々に薄暗くなる空を見上げる。広く澄んだ空には一番星が見えた。

「夜もここまで来れば星が見られるな」

同じように空を見上げ、昴が言った。

「つきあってくれるの？」

「言わずもがな。なんのために海辺のリゾートホテルにしたんだ。それに、こんな場所に、女を一人で行かせるわけないだろ？」

天気が悪いと話にならない。昨夜の昴の言葉を思い出した。昴は、いつでもわたしに星を見せてくれる。

「男前だねぇ、昴くん」

「いまさら」

昴がニヤリと笑う。その顔は夕日に照らされて、いつも以上に彼を魅力的にみせていた。太陽が沈むと、気温がいっきに下がる。吹いて来る海風が冷たい。

「そろそろ戻るか？　夕飯を食べてからまた来よう」

「そうね」

ホテルまでまたぶらぶらと歩き、予約していたレストランで食事を取った。船のような内装のレストランからも、また海がよく見えた。遠くで漁火《いさりび》がキラキラ光っている。

「やっぱり海っていいわよね」

うっとりと眺めながら食前のワインを一口飲んだ。

「見飽きないよな」

昴も頷く。

「海とか星とかさ、見てると自分って、本当にちっぽけだなって思うのよね」

「もう酔ってんのか？」

「うるさいわね」

ギッと睨《にら》むと昴が笑った。

「悩んでるのが馬鹿らしくなるってことよ」

「……悩み事があるのか？」

「ないわよ」

「…………」

と笑った。

「なによ？」

「いや、別に」

半ば呆れ顔の昴を不思議に思っていると、前菜が運ばれて来た。今夜はフランス料理のフルコースだ。コース料理を食べる機会はあまりないので、少し緊張する。それを察したのか、昴がニヤリと笑った。

「料理はおいしく食べられればいいのさ」

そう言うと、無造作にフォークを持って、料理に刺した。

「今日は随分《ずいぶん》と男前だね、昴くん」

「いつも男前だ」

ふふんと笑った昴に笑う。

夜の海を眺めながら、他愛ない会話をして、時間をかけてフルコースを堪能《たんのう》した。

「明日は水族館にでも行くか。回転寿司のおいしい店があるらしいから、そこにも行ってみよう。アウトレットに寄ってもいいかな。どうせ明後日も休みなんだから、帰りは遅くなっても平気だろ」

食後の珈琲《コーヒー》を飲みつつ、昴が言った。

「いいわね。せっかく来たんだから色々行こう」

「まず、その前に星を見に行かないとな」

昴が笑い、窓の外を見た。暗い夜の海の上に、無数の光の粒がうっすらと見える。

「今日は天気がよかったから、星もきれいに見えるわ」

早く外にでたくてうずうずして来た。昴がまた笑い、席を立つ。

「じゃあ、早く行こうぜ」

一度部屋に戻って上着を着て、すっかり夜になった外にでた。風は冷たく、潮の匂いがする。昴と手をつないで遊歩道を歩き、高台の公園に向かった。

公園には誰もいなかった。海に面したベンチに並んで座り、二人で空を見上げる。月のない漆黒《しっこく》の闇の中で、ちりばめられた星たちが輝いている。思わず息を呑むほど美しい。

「きれいだな」

「そうね」

声は波の音にかき消される。その波の音すら、闇に吸い込まれていくようだ。世界が音を消し、わたしたちと星しかいない、そんな不思議な錯覚に陥《おちい》る。

一年前の自分からは考えられない今の状況。昴と触れ合った肩が温かい。好きな人と同じ時間、同じ場所で、同じ風景を見られることは、泣きたくなるほど幸せだった。

一人で見る空より、二人で見る空は何倍もきれいだ。

首が痛くなるほど長い間、夜空を見上げていた。

昴のはーっと息を吐く音で、すべての音が戻って来る。

「冷えて来たな。そろそろ戻るか？」

「そうね」

確かに、上着を着ていても、肌寒くなっていた。やはり海風は冷たい。

「戻って風呂に行こうぜ。温泉じゃないけど、大浴場も露天もあるって」

「大きなお風呂は久しぶりだからうれしいわ」

「二人で入れないのは残念だな」

「な、なに言ってんのよ」

さらりと言った昴をギョッとした目で見てしまった。

「男のロマンだろ？」

昴がにやりと笑ったので、もうっと腕を叩く。

「今日はすぐに眠れそうだわ」

話をそらすように言った。でもその言葉通り、長時間のドライブと牧場を満喫し、歩きまくったおかげでからだはかなり疲れている。このままお風呂に入ったら、さらに疲れるだろう。現に今も、星見たさに頑張っているけれど、油断したら眠ってしまいそうだった。

「すぐに寝るわけないだろ」

「は？」

楽しげな昴の声に驚く。

「なに？　徹夜でトランプでもするつもり？」

「おまえは相変わらずボケてるな」

「うるさいわね」

わたしが睨《にら》むと昴がまた笑った。

「なんのためにダブルの部屋を取ったと思ってるんだ」

「なんのためよ？」

わたしが問うと、昴がにんまりと口の端を上げた。

「奈央が大声をだしても、ベッドの上でいくら暴れても、平気なようにだろ」

「ちょ、ちょっと、なに言ってんのよ」

慌てて立ち上がる。

「いつも声を抑えろなんて言って悪かったな。今日は思う存分声を上げてくれ」

「ちょっと！　恥ずかしいこと言わないでよ」

「ああ、恥ずかしいことはベッドの上で言えって？」

昴が涼しい顔をしてさらりと言い、同じように立ち上がった。

星と海の見える夜の公園、さっきまであんなにロマンティックだったのに、今はその余韻さえない。

「あーあ、夜が楽しみだなあ。そうだ、ついでに写真も取るか？」

「もうっ、やめて！　それ以上言わないでよ！」

「さて、風呂でからだをしっかり洗って来ないとな」

「本当にやめて!!」

わたしの叫び声と昴の笑い声が夜空に響き渡る。それでも伸ばされた手を握ってしまうのは、この状況にせいに違いない。

昴に文句を言いながらホテルに戻り、お風呂の準備をして地下にある大浴場に向かった。

「念入りに洗えよ」

にやにやと笑う昴の背中を叩き、女湯に入った。

大浴場には大勢の先客がいた。洗い場の椅子に座ると、目の前に沢山の種類のシャンプーが並んでいる。適当に選んでガシガシと髪を洗い、ボディタオルで全身をしっかり洗った。昴に言われたからでは決してない。脚には昼間の泥汚れがまだ残っていたからだ。そこは声を大にして言いたい。

すっきりと洗い終えたところで、広い浴槽にゆっくりと浸《つ》かった。冷えていたからだがじんわりと温まっていく。ふーっと息を吐き、口元までお湯に沈める。

少し温まったところで、外にある露天風呂に入った。見上げると満天の星空。うっとりするほどきれいな景色に時間すら忘れてしまう。気づいたら、のぼせる一歩手前だった。ゆっくりと立ち上がると軽い目眩《めまい》がした。

火照《ほて》ったからだをバスタオルで拭き、ドライヤーで髪を乾かす。大浴場をでて自分の部屋へ帰る間も、からだはずっとポカポカしていた。

部屋のドアを開けると、先に戻っていた昴がソファに座ってテレビを見ていた。

「遅かったな」

「ごめんなさい。ついつい星に見入っちゃって」

「だろうと思った」

昴が立ち上がり、テレビを消すと、わたしが手に持っていた荷物をえいっとソファに放った。

「ちょっと」

「待たせた責任は取れよ」

昴はにやりと笑うとわたしの手を引っ張り、ベッドの上に折り重なるように倒れ込んだ。二人の重みでマットが沈み、きしんだ音を立てる。

「暑いわ」

お風呂上りのお互いのからだは熱を帯びていて、重なるだけで汗がでる。

「お前もな」

微かに笑いを含んだ声が聞こえた。昴の手がわたしの頬を包む。すぐに重なった唇も、やっぱり熱い。

「暑いってば」

唇を合わせたままそう言うと、両手で頬をぎゅっと挟まれた。

「少しだけ我慢しろ」

ささやくような声と同時に、また唇が重なった。舌がからまり、ぴちゃぴちゃと濡れた音が響く。頭が痺《しび》れそうになるほど、濃厚なキスだ。体温がさらに上がり、昴の服をぎゅっと掴んだ。

キスを続けながら、互いの手がせわしなく動き、相手の服を脱がせていく。熱を帯びたからだに、少しだけ冷たい空気が当たる。

「涼しくなったな」

「うるさい」

ニヤリと笑う昴の頭を引き寄せ、噛み付くようなキスをする。わたしのからだに回った昴の腕に力が入り、さらに激しいキスを返された。

それと同時に、素肌を昴の温かな手がすべる。キスとは正反対の優しい動きだ。胸のふくらみを包み、ゆっくりと揉まれると、心臓の鼓動が徐々に速くなる。緩《ゆる》く揉みながら、昴の指先が先端を何度も撫でた。徐々に固く立ち上がり、くすぐったいような、気持ちいいような、思わず身を捩《よじ》りたくなるほどの快感が走る。

「ここは素直なのにな」

昴が言い、さらにその手が下の方へ動きだす。お風呂で温まった以上に熱くなっているそこに、手のひらが当たった。ぐっと押されるだけで、痺れるように疼《うず》く。すでに濡れているそこは、それだけでくちゅっと濡れた音がした。

キスを続けながら昴のからだにしがみつく。とっぷりとぬかるんだそこに昴の指が沈んでいくのを感じる。指先が中を擦《こす》り、親指が一番敏感な突起を弾く。

「はんっ」

その衝撃でからだが跳ねるように動いた。

「ああっ。ダメっ」

離れた唇から声がでる。とっさに昴の首すじに顔を埋め、声を堪《こら》える。

「我慢するなって。今夜は誰にも聞こえない」

注意をする昴の声は楽しそうだ。いつの間にかぎゅっと閉じていた目を開けて、昴の頬を両手で包む。

「イジワル」

すぐ目の前にいる昴にそう言うと、またニヤリと笑った。

「知らなかったのか？」

そう言うと同時に、中を強く擦《こす》られた。感じたことのない、強い刺激が走る。

「ああ！」

思わずでた声が部屋に響く。指は何度もそこを行き来し、痺《しび》れるような快感を生みだす。

「あんっ、ああ……。ひゃあっ！」

声が抑えられない。わたしの中から蜜がどっとあふれ、昴の手を濡らした。

仰《の》け反《ぞ》った首すじに昴の唇が移った。強く吸われ、痛みを感じたけれど、それすらも快感に変わる。

心臓は激しく動いていた。わたしの中心は、昴を求めてさらに疼《うず》きを増していく。彼が欲しい。

昴が欲しい。もっと近く、もっと内側に昴が欲しい。

「早く」

昴のからだをぎゅっと抱きしめ、動く指に自らを押しつける。太ももに熱く硬い彼自身が当たり、
昴のからだがびくりと震えた。

「待てって」

かすれた笑い声がした。だけど、その笑いの中にいつもの余裕は感じられない。昴を追い詰めているることに、少なからず満足した。

昴の頭を抱えて引き寄せ、その耳を唇で噛む。

「早く……」

ささやくように言えば、昂のからだが一瞬で離れた。寒さを感じて目を開けると、昂がいつの間にか避妊具の小さな袋を口にくわえていた。

「待ってろ、すぐだ」

わたしの顔を見ながら、口でそれを開ける。

「お願い、早く」

腕を伸ばして昂を見上げる。ちょっと笑った昂が、すばやくそれをつけて、わたしに覆いかぶさって来た。お互いの鼓動は同じように速く、力強く動いている。

昂がまたキスをした。きつく唇を吸われると同時に、わたしの脚が大きく開かれ、その間に昂のからだが収まった。熱くたっぷりと濡れているそこに、昂の高ぶりが触れている。ちゅくちゅくと音をたて、入り口をつつくような愛撫が、またわたしの体温を上げていく。

「じらさないで」

唇を離して、わたしが言った。まるで責めるような言い様《よう》に、昂が笑う。

「じらしてないって」

言いながら、入り口に高ぶりを押しつけ、そして動きを止めた。

「じらしてる」

わたしは、不満げな声でつぶやく。こんなことを言うなんて恥ずかしいのに、求める気持ちを止められない。

「奈央」

昴がわたしの名前を呼んだ。そして、熱く硬いものが蜜をからませ、襞《ひだ》をかきわけてゆっくりと入って来る。からだを押し広げられる違和感と、それを上回る幸福感。そのあとに、快感の波が押し寄せて来た。

「あっ、昴……」

一番奥を突かれ、からだが仰《の》け反《ぞ》った。動きを止めた昴が、露《あら》わになった胸に唇を寄せ、硬く尖った先端を口に含んで吸う。痺《しび》れるような快感の波が全身に広がった。

「はぁ」

思わず息が漏れる。胸の愛撫を続ける昴の頭を両手で抱え、彼の髪の間に指を入れる。強く自分の方へ引き寄せると、同じように強く抱きしめられた。

ぴったりとつながったからだ。お互いの体温は同じくらい高く、まるで溶け合ってしまいそうだ。つながった場所からは絶えず愛液があふれ続け、互いのからだをぐしょぐしょに濡らしている。

昴がゆっくりと動きだした。彼の高ぶりがわたしの中を何度も行き来して刺激を与える。

「あんっ、ああっ。昴っ、す、ばるっ」

「はっ。奈央……」

部屋中に淫《みだ》らな音と、声が響く。ベッドのきしむ音にまじる、濡れた音。時々キスをしながら、昴は緩慢な動きで、どんどんわたしの快感を高めていった。

追い詰められたからだから汗が噴き出す。心臓は速く動き、呼吸も荒くなる。

「あっ、あっ、ああんっ」

自分の口から漏れ続ける嬌声《きょうせい》。それがやけに大きく聞こえる。昴の言葉を真に受けているつもりはない。けれど、いつもは我慢している声が抑えられないほど、今日の昴は激しくわたしを攻め立てていた。

「もっと声だせよ」

「なっ、やっ……」

「声、もっと聞かせろって」

昴が腰を強く打ちつけて来る。

「はっ、ああっ……す、昴、昴！」

わたしの声と、ぐちゅぐちゅと淫らな音が重なる。

唇をまた昴の首すじに当て、その脈に触れる。何度もからだを揺すられながら、与え続けられる快感に全身が震えた。

「す、ばる。好き……」

意識しないまま、そうつぶやいていた。顔を上げた昴が、わたしの目を覗き込む。昴のきれいな顔に汗が光っている。こんな状況にあっても、うっとりするくらい完璧な顔だ。

昴の手がわたしの頬を包んだ。前髪がわたしの額《ひたい》に当たってくすぐったい。思わず笑うと、昴も笑った。

「今日は、やけに素直だな」

動きを少しゆっくりにして、額をくっつけた昴がささやく。

「わたしは、いつも素直よ」

汗ばんだ背中に手を這わせ、そのまま昴のお尻をぎゅっと掴んだ。昴のからだがビクッと震え、一瞬目を見開く。そしてまた、昴が笑った。

「愛してるよ、奈央」

今度はわたしが目を見開く番だった。昴がしてやったりといった顔になり、わたしの頬を両手で包む。

「愛してる」

再び告げられたのと同時に、唇が重なった。昴が腰を強く押しつけると、自然とわたしの両脚が開き、さらに奥深くを刺激された。昴が生みだす快感の波は途切れない。からだの内側から熱があふれ、全身を包み込む。

熱いキスは互いの体温を上げていく。噴き出した汗と、わたしの中心からあふれる愛液。昴がからだを揺するたび、ぐっしょりと濡れたそこから、水音が響き渡る。

力強い動きに唇が離れる。

「す、昴」

昴の唇が耳元に移動して、耳たぶを甘く噛んだ。

「奈央」

ささやいた声は痺《しび》れるほど甘く、熱い。広い背中に手を這わせ、腰を上げてさらに深く迎え入れた。二人のからだがぴたりと重なり、甘く溶けあう。

快感の波は絶えず訪れ、わたしの心拍数を上げていく。つま先から広がる甘い痺れが、わたしをどんどん高みへと連れて行く。

「一緒に、行こう」

ささやく声とキスがまた重なる。入って来た舌をからめ取るようにキスをして、さっきよりも強く深く動く昴に合わせる。

「んっ、うっ……んん」

奥深くを何度も突かれ、重なったからだの間に入って来た昴の指が、濡れた突起を擦《こす》る。ぐちゅぐちゅと音をたてる強い刺激に、快感の痺れが強くなった。

「んんっっ」

塞《ふさ》がれた唇の隙間から声が漏れる。次の瞬間、甘い痺れが全身を走り、あっという間にわたしは絶頂まで押し上げられた。それとほぼ同時に、昴がわたしの一番奥深くで動きを止め、熱い情熱を吐きだした。

疼《うず》くような甘い痺《しび》れはいつまでも続き、その間中、わたしは昴のからだを抱きしめた。猛スピードで鼓動を打つお互いの心臓。汗がまたどっと噴き出し、小刻みに震える。荒い息を吐きながら、昴がついばむようなキスを繰り返す。合間に深く息を吐き、そして愛を交《か》わしたあとの匂いを吸い込む。それは生々しいけれど、昴がそばにいてくれることを実感させた。

「あちー」

後処理を終えた昴が、下着姿のまま大の字に寝転がった。

「もう一回お風呂に行って来る？」

「いや、そんな体力は残ってない。全部、奈央に吸い取られたからな」

最後にちらっとわたしを見て、そしてニヤッと笑う。

「もうっ、またそんなこと言って」

昴をぺちっと叩くと、昴から笑い声が上がる。

「奈央の可愛い声を聞いたら、つい頑張っちゃうんだよなぁ。俺ってけなげー」

「その顔でエロトークは本当にやめて」

ファンが泣くわよ。そのきれいな顔からこんなオヤジみたいなセリフがぽんぽん出て来るなんて。

「奈央にしか言ってないから安心しろ」

「よそでも言ってたら本気で引くわよ」

なんだかドッと疲れがでたので、シーツの中にもぐり込む。二人の汗といろんなもので濡れたベッドはひんやりと冷たい。それなりに掃除はしてみたけど、まあ仕方がない。

すっかり冷えたからだに力強い腕が回った。背中にぴったりと貼りついた昴の胸から、熱が移って来る。

ベッドのすぐ横には窓があって、閉め忘れているカーテンの向こうには夜の海と空が広がっていた。真っ暗な部屋の中からそれを見ていると、まるで自分が宇宙に浮いているようだ。

「来てよかったな」

昴の声が耳元で聞こえた。

「うん」

二人で過ごす時間が格段に増えた今でも、こうして、いつもと違う場所にいるだけで新鮮な気持ちになる。それはきっとこの先も続くのだろう。ロマンティックな気分に、うっとりと目を閉じる。

「やっぱ外じゃないと奈央の可愛い声を思う存分聞けないからなぁ」

「……」

振り向かず、無言のまま背後に向けてパンチした。痛いとつぶやきながらも、昴が笑っているのは見なくてもわかる。

まったくこの男は――と思いつつ、それでも込み上げて来るのは、泣きたくなるほど幸せな気持ちだった。

「明日も晴れたらいいな」

「そうね」

少し眠そうな昴の声に頷き、また窓の向こうの空を見上げた。

雲ひとつない漆黒《しっこく》の空は、永遠の晴天を約束しているようだった。

桜木小鳥（さくらぎことり）
東京都在住。2005年よりWebサイト「楽園の小鳥」にて恋愛小説を発表。「ロマンティックにささやいて」にて出版デビューに至る。

イラスト：文月路亜

星《ほし》を見上《みあ》げる夜《よる》はあなたと

桜木小鳥（さくらぎことり）

2016年 4月 30日初版発行

編集－城間順子・羽藤瞳
編集長－塙綾子
発行者－梶本雄介
発行所－株式会社アルファポリス
〒150-6005 東京都渋谷区恵比寿4-20-3 恵比寿ｶﾞｰﾃﾞﾝﾌﾟﾚｲｽﾀﾜｰ5F
TEL 03-6277-1601（営業） 03-6277-1602（編集）
URL http://www.alphapolis.co.jp/
発売元－株式会社星雲社
〒112-0012東京都文京区大塚3-21-10
TEL 03-3947-1021
装丁イラスト－文月路亜
装丁デザイン－AFTERGLOW
（レーベルフォーマットデザイン－ansyyqdesign）
印刷－中央精版印刷株式会社

価格はカバーに表示されてあります。
落丁乱丁の場合はアルファポリスまでご連絡ください。
送料は小社負担でお取り替えします。

ISBN978-4-434-21892-7 C0093